D1730778

DOUCE FRANCE

DU MÊME AUTEUR

Romans

LADY BLACK, 1971, Flammarion.
ÉVOLÈNE, 1972, Flammarion.
LES LOUKOUMS, 1973, Flammarion.
LE CŒUR QUI COGNE, 1974, Flammarion.
KILLER, 1975, Flammarion.
NIAGARAK, 1976, Le Livre de Poche.
LE PETIT GALOPIN DE NOS CORPS, 1977, Laffont.
KURWENAL OU LA PART DES ÊTRES, 1977, Laffont.
JE VIS OÙ JE M'ATTACHE, 1978 (épuisé).
PORTRAIT DE JULIEN DEVANT LA FENÊTRE, 1979, Laffont.
LE TEMPS VOULU, 1979, Flammarion.
LE JARDIN D'ACCLIMATATION, 1980, Flammarion, prix Goncourt 1980.
BIOGRAPHIE, 1981, Flammarion.
ROMANCES SANS PAROLES, 1982, Flammarion.
PREMIÈRES PAGES, 1983, Flammarion.
L'ESPÉRANCE DE BEAUX VOYAGES ÉTÉ/AUTOMNE, 1984, Flammarion.
L'ESPÉRANCE DE BEAUX VOYAGES HIVER/PRINTEMPS, 1984, Flammarion.
LOUISE, 1986, Flammarion.
UNE VIE DE CHAT, 1986, Albin Michel, prix 30 millions d'amis.
FÊTE DES MÈRES, 1987, Albin Michel.
ROMANS, UN ROMAN, 1988, Albin Michel.
HÔTEL STYX, 1989, Albin Michel.
LA TERRASSE DES AUDIENCES AU MOMENT DE L'ADIEU, Montréal, Leméac Éditeur, 1990.

Théâtre

THÉÂTRE 1 : *Il pleut si on tuait papa-maman* ; *Dialogue de sourdes* ; *Freaks Society* ; *Champagne* ; *Les Valises*, 1973 Flammarion.
THÉÂTRE 2 : *Histoire d'amour* ; *La Guerre des piscines* ; *Lucienne de Carpentras* ; *Les Dernières Clientes*, 1976, Flammarion.
THÉÂTRE 3 : *September Song* ; *Le Butoir* ; *Vue imprenable sur Paris* ; *Happy End*, 1979, Flammarion.

Pour enfants

PLUM PARADE, OU 24 HEURES DE LA VIE D'UN MINI-CIRQUE, 1973, Flammarion.
MON ONCLE EST UN CHAT, 1981, Éditions de l'Amitié.

À paraître

ABEL KLEIN, BIOGRAPHIE ET ŒUVRES COMPLÈTES, Nouvelles.

YVES NAVARRE

DOUCE FRANCE

roman

LEMÉAC

«Tous droits de traduction et d'adaptation, en totalité ou en partie, réservés pour tous les pays. La reproduction d'un extrait quelconque de ce livre, par quelque procédé que ce soit, tant électronique que mécanique, en particulier par photocopie et par microfilm, est interdite sans l'autorisation écrite de l'auteur et de l'éditeur.»

ISBN 2-7609-3130-7

© Copyright Ottawa 1990 par Leméac Éditeur, 3575 boul. Saint-Laurent, bureau 902, Montréal, Qc, H2X 2T7
Dépôt légal — Bibliothèque nationale du Québec

Imprimé au Canada

Il manquera à cette histoire le plus beau de l'histoire, son mystère, son secret, des cahiers chargés de messages. Et la foi? La littérature ne serait-elle qu'une affaire de bonnes ou de mauvaises manières et le récit simplement coque ou caparaçon? Le romancier, picador et gladiateur, ne serait-il que le prédateur de sa propre vie, de ce qu'il a vu, entendu, cru, imaginé? Ce roman est dédié à Geneviève Brabant, dite Ginou.

1.

Au début, l'homme crut au cri d'un chat que l'on égorge. Mais plus il s'approchait de la grange abandonnée, plus il avait tant de la certitude que de la peur, sentiments mêlés. Il s'agissait des cris répétés, lancinants, d'un bébé. Une femme gisait inanimée, dans un coin, sur la terre battue, le corps à moitié dénudé, jambes écartées et, entre les cuisses, un bébé, petite fille à peine délivrée, maculée, gigotante. C'était l'aube. La journée avait bien commencé. Un de ces matins de printemps, clairs, qui annoncent un bel été et de bonnes vendanges. La terre était pauvre mais cette année elle donnerait. Il y avait dans l'air, et cela se hume, ce petit rien de douteux, ce brin d'incertain, qui dit l'alternance de rudes chaleurs et de pluies fécondes. L'homme, à faire le tour de ses terres ce matin-là, avait ressenti du bien-être, presque une satisfaction, comme une jouissance, à la narine et au frémissement du ciel. Il savait que les saisons auraient du respect et que l'année serait féconde. Il aimait ce sentiment de puissance alors que Marcelle et lui n'avaient jamais pu avoir d'enfant. Les neveux avaient quitté le pays à cause des années de sécheresse et de l'attrait de la ville. L'homme n'osait pas songer à l'avenir des terres quand, après sa mort, vieux qu'il était déjà, la nature serait livrée à elle-même.

De la vigne encore? Il y en avait trop. Des fruitiers? Les gens venus d'Algérie n'achetaient plus rien. On les payait pour arracher les arbres qu'ils avaient plantés dix ans auparavant. Ni trop au sud ni assez au nord, son pays ni ne chantait assez ni n'avait de rigueur, mais c'était son pays. Chaque matin, il quittait sa ferme, la Magnane, pour faire le tour de ses terres, mesurant son pas, comme une étreinte avec Marcelle, du temps où elle était belle et où ils espéraient fonder une famille. L'homme se disait alors que le temps porterait conseil, que la nature livrée à elle-même aurait «le premier mot», une expression de son père. Chaque pas lui donnait bien du plaisir même si ce n'était qu'en pure perte, lopin de terre, ciel bleu heureusement habité de nuages. Dans la grange abandonnée, il avança, hésita, qui devait-il prévenir en premier? Il ne pouvait pas laisser le bébé. Il le prit dans ses bras et, le câlinant, laissa la mère inerte et se dirigea vers la Magnane. À Marcelle il dit «nettoie-la, je l'ai trouvée à la grange du Mézat. La mère est là-bas, évanouie. Je vais chez les Dupuis. Nous préviendrons les gendarmes». Marcelle, le bébé dans les bras, murmura «elle est à nous. Tu l'as trouvée. Elle est née chez nous». L'homme embrassa Marcelle sur le front, «fais ce que je te dis. Fais comme si. Tu l'as pour une petite heure. C'est déjà ça». Marcelle répéta «elle est à nous», son homme était déjà parti. Le temps pour lui et le couple Dupuis de rejoindre la grange du Mézat, les gendarmes étaient là. Gisèle Dupuis avait apporté de l'eau fraîche, un verre, un seau d'eau tiède et des serviettes blanches. Gisèle connaissait le rite pour l'avoir pratiqué, «elle n'a pas pu faire ça toute seule». Les gendarmes interrogeaient l'homme «vous avez vu des rôdeurs?» «Non. Personne. Les chiens n'ont même pas aboyé la nuit dernière», le silence, les chants d'oiseaux, l'air du matin, Gisèle à l'ouvrage. «Le cordon était coupé?» «Oui, coupé.» Plusieurs fois Gisèle se pencha sur la femme et écouta battre son cœur, «elle vit», répétait-elle fièrement, «elle vit». Un gendarme prit des photos, un autre des notes, un troisième dessina à la chaux le pourtour du corps de la femme comme s'il s'était agi d'un cadavre, «ce n'est pas la peine», dit le commandant de gendarmerie. Une ambulance arriva. Gisèle fit boire la femme. L'eau dégoulinait autour de sa bouche. Le père Dupuis et l'homme se regardèrent. Ils étaient voisins mais ne se fréquentaient pas et voilà qu'un incident les rapprochait. Les ambulanciers emportèrent la femme sur une civière. Les Dupuis restèrent plantés, éberlués, avec le verre, la bouteille d'eau, le bac et les serviettes sales. À la Magnane, Marcelle rendit le bébé tout propre dans un tissu en linon de son trousseau jamais utilisé. Elle pleurait, de joie ou de malheur, nul ne saura jamais. «Elle a la larme facile», dit l'homme aux ambulanciers. Puis au commandant de gendarmerie, à voix assez haute pour que Marcelle entende, «nous l'adopterions volontiers, la petite, vous savez». Le commandant répondra «ce n'est pas si facile que ça. Elle a un père, on le retrouvera. Les filles, ça conduit pas les tracteurs». Il avait presque ri en disant cela et en faisant claquer la portière. L'ambulance démarra. La voiture de la gendarmerie suivait. L'homme prit Marcelle dans ses bras devant la porte de la Magnane. Les Dupuis remontaient de la grange du Mézat, «sèche tes larmes et prépare un bon café», dit-il à Marcelle. C'était la première fois que les Dupuis leur rendaient visite. Ils avaient la télévision, eux. L'homme alla au-devant de Gisèle, prit le seau. Le père Dupuis marmonna «quelle histoire» et but de l'eau au goulot. Pendant qu'ils prenaient le café, les femmes à l'évier nettoyaient les serviettes sales. Gisèle souffla à Marcelle «on devrait se voir plus souvent, tout de même». Les hommes d'un côté, les femmes de l'autre. L'homme dit «j'irai prendre des nouvelles demain». Le père Dupuis, parce qu'il avait deux hectares de plus de vignes, ne répondit pas et prit un air supérieur. Combien de fois l'homme de la Magnane avait-il dit à Marcelle «Le père Dupuis, qu'est-ce qu'il se croit! Il me refuse jusqu'au bonjour!» Le soleil commençait à réchauffer. Les femmes étendirent les serviettes sur le fil tendu à côté de la maison. «Je vous le rapporterai bien repassé», dit Marcelle à Gisèle. Au regard elles savaient l'une et l'autre qu'elles ne seraient jamais amies. Il y allait ainsi du voisinage et du chacun pour soi. Les hommes étaient déjà sur le seuil et se saluaient. «L'année sera bonne», dit le père Dupuis froidement. «Oui, tout est en ordre», répondit l'homme. Tout recommençait comme avant. Gisèle prit le seau, le verre et la bouteille d'eau. Les Dupuis s'en allèrent sur un «à bientôt» qui sonnait comme un «à jamais», comme d'habitude. Les fermes étaient trop proches. Marcelle eut à nouveau la larme à l'œil, «un aussi beau bébé!» L'homme, qui n'avait jamais levé la main sur elle, vénération, habitude, union, passa par la cuisine, prit la boîte d'allumettes et décida de redescendre à la grange du Mézat, brandissant un râteau. À plusieurs reprises, parce que cela lui venait du ventre et non de la tête, il tendit le poing vers le ciel, sans rien dire. Il n'avait rien à maudire. Cela ne s'était pas fait avec Marcelle, c'est tout. Ils avaient fait du chemin ensemble, bientôt quarante ans et cela seulement comptait. En pur et pauvre gain, chacun dans son coin. Le neveu de Castillet et la nièce de Tournemire ne rendaient plus jamais visite. Lui, l'homme, n'était jamais allé chez le médecin. Marcelle, une fois l'an, s'achetait des bas, une paire de chaussures et deux robes-tabliers dont elle veillait à ce qu'elles soient *grand teint*. Lui, l'homme, élimait encore les vêtements de son père. Ils allaient, en couple, le samedi, au village, pour les courses de la semaine, le pain, le savon, le sucre, le café et la farine. Dans la grange, l'homme fit un tas de vieille paille, là où il y avait des taches de sang, craqua une allumette, souffla, fit flamber et recula. À l'écart, assis sur un talus, il observa la grange devenir brasier en quelques minutes, panache de fumée noire qui dérivait lentement vers l'est et s'estompait au-dessus du bois de Colombes, brassé par le vent. Il lui fallait faire place nette. Il n'avait rien décidé. Il n'irait pas prendre de nouvelles à l'hôpital. Au village, le prochain samedi, si on l'interrogeait, la découverte du bébé ferait bien quelques lignes dans *Le Républicain*, il ne dirait rien que d'usuel et d'attendu. L'homme s'interdisait de maugréer. Marcelle, son unique visée, avait été pauvre comme sa terre et jamais il ne pourrait le lui reprocher. Au panache de fumée, elle avait dû comprendre que son homme ne reviendrait pas pour le repas de midi, et que la grange abandonnée ne servirait plus de refuge aux errants, aux amoureux ou à plus pauvres qu'eux. Le père Dupuis, lui, de sa ferme, dira à Gisèle «il est encore plus fou que je croyais». L'homme, de son côté, attendra la fin de l'après-midi pour ratisser les cendres encore chaudes, éteindre consciencieusement le feu au cas où un vent violent se lèverait, se disant qu'ainsi allait la vie, au risque d'une braise quand on souffle dessus, interrogeant l'horizon, tout autour, qu'il n'avait jamais dépassé, même pas pour le service militaire, fils unique et orphelin de guerre avec une mère à charge qui ne rechignait pas à l'ouvrage et se disait heureuse depuis qu'elle était dépouillée des vieux habits de la jeunesse, une sagesse que Marcelle ne comprenait pas, «qu'est-ce qu'elle raconte, explique-moi». L'homme rétorquait «ça ne s'explique pas» et pensait «ça se vit». Au crépuscule, cratère noir, tas de solives noires qu'il débiterait pour les flambées de l'hiver, sans télé, on vit ou on ne vit pas comme les Dupuis, l'homme se signa alors qu'il n'était jamais allé à l'église que le jour de son mariage avec Marcelle et remonta à la Magnane. La table était mise. Marcelle servit la soupe. Elle tremblait un peu, un peu seulement. «J'ai rapporté le linge à madame Dupuis», dit-elle. Fin de journée. La nuit. L'homme décida de nettoyer son fusil. Le temps des palombes reviendrait. Et les filets étaient interdits. «Je sais», murmura Marcelle, «ce que tu penses et cela me suffit, merci». Elle était assise sur une chaise près de l'évier et lui, à la grande table, frottant, lustrant. Plus tard, dans la chambre, à l'étage, après avoir fermé les volets, elle dira «il était beau, tout de même, ce bébé. Et il est né chez nous».

2.

Il y a une autre femme dans la chambre de l'hôpital. Elle lit un magazine féminin. Elle voudrait bien parler. Sa voisine dort. «C'est quoi, le coma?» demandera-t-elle. L'infirmière répondra «un grand sommeil, mais on en sort». «Elle a eu quoi, elle?» «Une fille.» «Comment elle l'a appelée?» «On le saura quand elle se réveillera.» «Quand?» «Vous posez trop de questions, madame Martin!» «Je peux pas changer de chambre? C'est des vacances pour moi. J'ai besoin de parler.» L'infirmière est repartie. Madame Martin décide de lire le courrier du cœur. Elle tourne les pages, il n'y en a plus. Drôle d'époque. Quand elle était jeune fille, c'était tout de même mieux. Elle regarde l'heure. Elle guette les pas dans le couloir. On lui a apporté des fleurs, «un bouquet du jardin». Monsieur Martin est camionneur. Il a repris la route. La belle-mère garde les aînés. C'est le cinquième. Cinq garçons. Pour celui-là elle n'a pas prévu de prénom. Elle réfléchit. Francis. Pourquoi pas Francis? C'est le nom du héros du télé-roman de l'après-midi. Le magazine tombe du lit. Elle ferme les yeux. Elle s'assoupit. Tout deviendra plus captivant quand un médecin viendra dans la chambre avec des policiers en uniforme. Par bribes, comme un puzzle, elle recomposera l'histoire. L'infirmière apportera *Le Répu-*

blicain avec le petit entrefilet dans la rubrique «Nouvelles brèves». «C'est elle!» Alors madame Martin ne voudra plus changer de chambre. Qui? Quand? Comment? Pourquoi? Tout cela la passionnait. Il y eut même un photographe, flashes, le visage seulement. L'infirmière dira «si jamais elle ouvre les yeux, prévenez-nous, la sonnette est là». Madame Martin a donc un rôle à jouer. Elle surveille. Elle imagine. L'inconnue est sereine. Elle a des cheveux bouclés, naturels, châtains, un front étonnamment lisse, de bonnes joues, un si fin duvet sur la lèvre supérieure et un teint de lait, tout sauf une bohémienne, une fugueuse, une femme rompue. Madame Martin aurait presque de l'envie ou de la jalousie. De l'envie parce qu'elle a eu une fille, elle, l'autre. De la jalousie car elle a gardé les traits de la jeunesse, elle, l'autre. Oui, sa voisine a un visage qui rayonne. Il n'y a pas de malheur dans l'expression de cette mystérieuse endormie. Et ainsi, à guetter son éveil, le temps de la journée passera. On préfère toujours la vie des autres. On oublie de vivre la sienne et c'est parfois tant mieux. Madame Martin se dit qu'à ne pouvoir parler à l'autre, elle livre et se livre plus qu'elle ne l'aurait fait en usant de paroles. Elle s'émeut. Elle s'inquiète. Elle s'émerveille. Tour à tour elle se raconte des histoires tragiques ou idéales. Fantasque, elle va même jusqu'à imaginer qu'on se trompe de bébé, qu'on lui donne la fille et qu'elle laisse le garçon à l'autre. Seulement voilà, elle donne le sein, elle, et l'autre fait la morte, pas de risque d'erreur. Et le mari camionneur est en tournée, Hollande, Allemagne et retour. Il ne sait pas que c'est encore un fils. Elle reprend le magazine, consulte son horoscope, *vous vous confiez trop à vos amis. Vous ferez une nouvelle rencontre. Cette fois, méfiez-*

vous de vous-même. Elle sourit, hausse les épaules. Elle n'a qu'un homme dans sa vie. Un homme, un camion et cinq petits mecs. Tout est joué. Tant pis. Tant mieux. D'ailleurs, c'est un vieux magazine et ça ne veut rien dire. Elle le referme, le range dans sa table de chevet, se retourne. Sa voisine vient d'ouvrir les yeux. «Madame?» Pas de réponse. «Madame, ça va?», puis «madame, s'il vous plaît», silence. Madame Martin appuie sur la sonnette. Personne ne vient. Elle appuie à nouveau, elle insiste. L'infirmière tarde, apparaît, fâchée, «elle a ouvert les yeux», pas de merci, rien, l'infirmière appelle le docteur. La nuit tombe. La police reviendra. Le docteur dira «elle ne parlera pas. Elle nous voit, il ne faut pas la brusquer. Demain peut-être». «Alors», dit un policier, «on va interroger le fichier.» Le docteur se tournera vers madame Martin, «si elle dit un mot, prévenez-nous». Jamais merci. Le lendemain, le surlendemain, pas un mot. Monsieur Martin de retour d'Allemagne passera voir sa femme, l'embrassera sur le front, «c'est très bien ainsi, la race des camionneurs ne se perdra pas. Je n'ai rien apporté. Le petit mettra ce qu'ont mis les grands. C'est ça ta voisine?» «Oui, c'est ça.» «Elle est pas causante». «Tais-toi, elle écoute.» Monsieur Martin s'assit sur le rebord du lit. Bien sûr, il avait dans la tête le bourdonnement des kilomètres de retour, il savait l'imminence, il se doutait de la naissance, il attendait si fort une petite Claire ou une petite Mireille. Sa bonne épouse, sa dévouée, celle qu'il tarabustait avec tant de naissances, lui murmurait «c'est passionnant de voir surgir quelque chose d'inconnu, chaque jour, dans le même visage» ou «ses lèvres bougent, ça ne se voit pas, il faut rester longtemps immobile, à l'observer. Elle parle à quelqu'un d'autre. Elle se raconte son histoire. Et moi, je n'y peux rien». Pour la calmer, il lui embrassait la main, «vivement que tu rentres à la maison, avec les gamins. C'est pas pour nous ce genre d'histoire». «Alors, c'est pour qui?» Monsieur Martin ne répondit pas. Il lui caressait le front comme à une malade, «non, pas ça», puis «je ne veux plus aucun enfant. Cinq, ça suffit. Je serai ma propre fille.» «Comment peux-tu dire des choses pareilles, tu as de la fièvre.» «Va-t'en vite. Demande à l'infirmière de te montrer ton fils Francis.» «C'est Francis?» Le quatrième jour, l'infirmière jeta les fleurs du jardin, apporta de nouveaux magazines. «Vous ne dites plus rien, madame Martin?» «Elle parle, je vous assure.» «Que non, le docteur le saurait bien.» Pendant la tétée, madame Martin, une fois, regarda sa voisine. Avec du temps, elle aurait pu lire sur les lèvres de l'autre ce que l'autre voulait dire. Dans deux jours, quand son époux serait de retour d'Espagne, elle rentrerait chez elle, torcherait comme avant, pour le bonheur du jour, les bons heurts de chaque nuit, le simple plaisir de la famille réunie et, chez l'époux, de l'ombrage, de la fatigue, toujours des nuages avec promesse d'orage. Francis tétait. Madame Martin pleurait en regardant l'inconnue, rien de grave, quatre ou cinq petites larmes qui lui chatouillaient les joues: elle ne saurait jamais. Le sixième jour, très tôt le matin, et c'était celui de son départ, il y eut branle-bas dans la chambre, les docteurs, les policiers. Ils disaient «la famille va venir», «c'est certainement eux», «six ans, vous vous rendez compte!» Quoi, six ans? Quoi, la famille? C'était quoi, cette histoire, et pourquoi, et comment? Et à quoi bon vouloir savoir? Combien de fois monsieur Martin avait-il dit à son épouse, «de toutes les façons c'est toujours la même histoire. Nous deux c'est pas pareil». À chaque fois, elle succombait comme au premier jour du bal de campagne, le premier paso-doble, ils avaient chacun sur le poignet un coup de tampon, *payé*, un tatouage, afin de pouvoir entrer et sortir à loisir et profiter de la fête du village. Ils étaient bien sortis une fois et n'étaient pas revenus sur la piste. Ç'avait été le coup de foudre. Le paso-doble durait depuis des années. Chacun voudrait pouvoir raconter son histoire. Pendant l'étreinte, madame Martin entend souvent le bruit scandé et glissant des pas amoureux, sur la piste de danse, parquet lissé par tant de fêtes dans tant de lieux pourtant et tant de rencontres, bruits de savates, de sandales de corde, de petits escarpins neufs qui font mal au pied, bruit de passion, de corps à corps, éperdument, accordéon, immense *schlik-schlak* pour le contact et la promesse des herbes folles, parfois des ronces, derrière les talus, là où la terre embaume parce qu'on couche aussi avec elle. Pour madame Martin, c'est le compte à rebours. Monsieur Martin viendra la chercher avec le couffin tout rafistolé. Ou bien en aura-t-il acheté un neuf, en Espagne. Madame Martin a déjà fait ses adieux à l'infirmière de nuit, «cette fois, vous ne me reverrez pas». Madame Martin sait que sa voisine n'a jamais dansé comme elle. Sa voisine est radieuse, intacte, elle se demande même si le drame de sa vie l'a effleurée. Le malheur, c'est les autres qui le désignent. Madame Martin retrouvera son téléroman de l'après-midi. Elle a manqué six épisodes puisqu'il y a eu un dimanche. Ces choses-là ne marchent que les jours ouvrables. Elle fera la jonction. Et puis l'histoire, en gros, n'a pas d'importance, ce qui compte, c'est que ça parle de temps en temps, qu'on s'imagine, qu'on se dise «c'est moi» ou «ç'aurait dû être moi». Combien de fois monsieur Martin lassé par tant de route, de kilomètres, de haltes et, au retour, les cris d'enfants qui ne veulent pas aller se coucher, a-t-il pensé que son épouse était déjà flétrie, sur une pente douce, l'habitude? Combien de fois lui a-t-il dit «ça ne sert à rien de te raconter toutes sortes d'histoires»? Madame Martin n'a jamais répondu. À chaque fois elle pensait «ça me sert à vivre». Elle ne le disait pas, par peur d'une peine, comme un bonheur à ne surtout pas partager, au risque de tout gâcher. Il est midi. Francis est dans ses bras. Il ne sera plus jamais aussi bien langé. On fait attention pour le premier, le second, mais après! Francis lui suce le sein, elle a du lait, «ma bonne vieille vache», dira encore monsieur Martin en riant, avec fierté. Ainsi de suite. Madame Martin regarde sa voisine, sa compagne, son amie de silence. Elle lui dit «et vous?», et «dites-moi au moins votre nom». Elle a parlé sans même s'en rendre compte. Pour l'inconnue, au moins, elle aurait voulu savoir la suite, lui dire l'odeur de cambouis, les mains râpeuses qui ont trop tenu le volant, la mauvaise haleine quand il dit «me revoilà», l'odeur du savon de Marseille quand il a pris sa douche et le coup de rein au coucher, comme dans l'herbe du toujours premier soir, cri étouffé, quand les enfants sont couchés et qu'il n'y a plus d'émission à la télévision. «Regardez-moi au moins une fois.» Non, l'inconnue ne bouge pas. Puis, «je vous aime. Vous êtes belle comme le malheur quand on ne l'attend pas». L'infirmière de jour fait son apparition, suivie d'un médecin, d'un policier et de quatre personnes grises, un couple de vieux et un couple de jeunes. L'infirmière a refermé la porte. La vieille femme grise crie «c'est elle», se jette sur le lit comme sur une proie, «c'est ma Geneviève, ma Ginou! Pourquoi nous as-tu fait ça?» Le médecin la retient. La jeune femme qui accompagne s'approche du lit, «non, maman, pas ça, on t'a bien dit qu'elle ne répondrait pas». Les hommes se tiennent dignement à l'écart. Le policier leur sourit. Ils n'y prêtent pas attention. Ils sont convenables, certainement très émus, contenus, ébahis. L'infirmière aide le médecin à remettre l'inconnue en place, oreillers calés derrière la nuque, bras croisés mains bien à plat sur le lit que l'infirmière borde d'un côté et de l'autre. Le médecin dit «nous devons la garder au moins une dizaine de jours. Le transport n'est toujours pas recommandé. Mais si vous l'exigez...» Geneviève regarde les siens, sereine, fixement. Le policier a apporté des chaises. La mère pleure, assise. Derrière elle, le père qui porte perle à la cravate, des chaussures en lézard et des guêtres. Il est d'un autre âge. Il a de la prestance. Il ne dit rien. Le beau-fils se tient lui aussi à l'écart, chauve, sec, un peu bouffi, il se demande ce qu'il fait dans cette famille. L'autre jeune femme dit «il faut la ramener, elle est à nous». Le beau-fils murmure «Véronique, soyez raisonnable». Le père ne dit rien. La mère sèche ses larmes. Véronique s'assoit à côté d'elle et lui prend la main. Francis se met à gazouiller. Madame Martin fait tout doucement «chut». Silence. L'inconnue, c'est donc Geneviève, Ginou, et sa sœur, l'aînée certainement, c'est Véronique. Son époux lui dit «vous». Ce sont des gens bien, des gens gris, un gris qui pourrait être celui du deuil s'il n'était celui de leur vie, une vie rêvée? Pas vraiment des gens riches mais venus d'ailleurs, ceux-là dont on ne parle pas dans les télé-romans, ceux-là qui se cachent pour jouir comme pour souffrir. Madame Martin imagine. Elle se régale. Elle s'émeut. Un piège vient de se refermer sur

Geneviève. La famille est là. Ce genre de famille où l'on aime en cachette. Ce genre de famille incrustée. Véronique s'est levée et caresse les cheveux de sa sœur. Madame Martin se dit, à l'application du geste, que c'est la première fois que l'aînée a un geste tendre pour sa cadette et que les trois autres se le disent en même temps. Alors monsieur Martin entre avec un couffin tout neuf dans lequel l'infirmière de jour place Francis qui se met à brailler. Le policier a consulté sa montre. Le médecin aide madame Martin à s'habiller. Il a dit à la famille «voulez-vous voir la petite fille?» Aucun n'a répondu, comme s'ils n'avaient pas entendu. En boutonnant sa robe, madame Martin se dit que le silence de Geneviève était bien plus parlant que le mutisme de la famille. Son mari la prend par le bras, elle se tourne et dit à l'inconnue «te laisse pas faire, Ginou». L'inconnue tourne légèrement la tête et la regarde. «Moi, c'était madame Martin, Sylvie, merci.» L'infirmière et le médecin ont fait rempart. Monsieur Martin, de l'autre main, a pris le couffin. Le policier a dit «je vais fumer une cigarette dans le couloir». Ils sont sortis. «C'était plus fort que moi», dit Sylvie à son mari. «Toi tu changeras pas!» «Pourquoi veux-tu que je change?»

3.

Angeline Volard avait du bien, une belle dot, et surtout, ce qui était rare en fin de ce premier quart de siècle, elle avait réussi de brillantes études en pharmacie. Seconde d'une lignée de sept, les parents avaient fait fortune aux colonies. Dans une maison de campagne, forte bâtisse patricienne, ils avaient pris retraite, n'ayant plus pour dessein que de vivre bien et de bien marier leurs cinq filles et leurs deux fils. Tous rêvaient de fuir la campagne et de s'installer au moins à la préfecture du département, quand ce n'était pas à Paris. Les deux fils y montèrent et s'y perdirent, en illusions et mauvaises affaires. Les filles, elles, prirent de bons partis dans la région, ci un notaire, là un inspecteur des impôts, pour rester plus près de la maison Volard qui portait le nom de *La Cisaille*, ancienne fabrique de tissu à base de fibre de genêts. Seule Angeline s'était entichée d'un coureur de dot, ami de ses frères, élégant avec perle à la cravate, chaussures en lézard et guêtres qu'il ne quittera jamais, fidèle à l'image de sa séduction première. La sincérité, au plus vif, est parfois bien perverse. Raymond Brabant épousa donc la douce Angeline. Sur la photo de mariage prise dans le parc de *La Cisaille*, Angeline, cheveux courts à la garçonne, porte une robe au-dessus des genoux, longue derrière, la traîne comme la coiffe, et les parents Volard n'ont pas l'air très contents. Céleste, l'aînée, au bras de son époux, inspecteur des impôts, s'est couronnée de tresses. Les trois autres sœurs, naïvement assises dans l'herbe, devant les jeunes mariés, ont de longues chevelures blondes. Le père Brabant, clerc de notaire dans la région des Côtes-du-Nord, binocles pincés au bout du nez, a l'air étriqué dans un costume de location, et malin, comme son fils. La mère Brabant, impériale, a visiblement dépensé tous ses sous pour que la couturière du coin lui confectionne une robe dont l'élégance surprend, volants et fanfreluches, jusqu'à l'aigrette de sa coiffe qui cache un peu le menton de Céleste. Son fils fait un beau mariage. Il y a aussi les oncles et les tantes, les cousins germains, une cousine célibataire, Tinette. C'est chez elle qu'Angeline logeait à Paris pour faire ses études. C'est chez elle que les frères d'Angeline avaient présenté leur bon ami Brabant. Sur la photo, très vite on s'y perd. Mais les racines sont là, le clan, les regards, les postures. Les Volard étaient contre ce mariage. Le père Volard avait même dit «un homme qui porte encore des guêtres ne fera jamais rien de ses dix doigts» et «comment une Angeline peut-elle épouser un Raymond?» Sur la photo, il y a aussi des enfants. L'aîné de Céleste qui, devenu milicien, sera fusillé à la Libération et dont on ne mentionnera plus jamais le nom. Sa sœur Adeline qui épousera un officier de marine et qui ira se pendre à force de l'attendre. Les autres enfants, qui étaient-ils et quelle vie ont-ils eue? Chaque photo de mariage est comme un bureau des enfants perdus, chaque regard parle d'une autre vie que celle que l'on vit, chaque regard attend l'irruption de parents véritables, sous le masque de la fête, percent les regards, transparaissent d'autres masques. «Sous le masque, le masque» disait Tinette en riant. La cousine de Paris se tient bien à l'écart du groupe et l'observe, de profil, sans déplorer ni se réjouir non plus. Elle a eu un fiancé, elle aussi. Il est mort dans les tranchées. C'est lui qui l'appelait Tinette et non Ginette. Angeline, en lisant les lettres du soldat, lettres de guerre, était devenue amoureuse de Raymond. Elle lui avait ainsi prêté de la bravoure et, alors que tout lui criait à la manière Volard de se méfier, elle avait créé de toutes pièces un Raymond non seulement séduisant mais également valeureux. Ce serait lui et nul autre. Les parents Volard avaient capitulé. Pour toute dot, Angeline aura une pharmacie dans les faubourgs de la préfecture, avec maison attenante et un jardin. Sur la photo de mariage, Angeline et Raymond sont radieux. Les autres pensent à leurs vies respectives, diagonales des regards, curieux branle-bas des êtres. Même les enfants du cortège ne sourient pas. Ce fut pourtant une fête à *La Cisaille*. Et Raymond sera un bon époux pour Angeline qui, savant dosage de passion et de calcul, saura à tout jamais le tenir en otage. Elle n'était pas une Volard pour rien, même échappée, et tenait du père comme de la mère un sens strict de la propriété, sa dot, qui eût pu faire penser qu'elle était avare ou cupide si le goût qu'elle avait de la vie, de son travail à la pharmacie et de son fringant élu ne l'avait emporté sur une incontournable et farouche radinerie. C'était touchant. Bien sûr, comme disait la mère Volard, son beau-fils vivait «aux crochets» d'Angeline. Bien sûr, Raymond Brabant paradait des journées entières au Café de la Paix, le café chic, sur la place de la Préfecture et parlait de mille et un projets. Bien sûr, le père Volard faisait confiance à sa fille et savait qu'elle tenait de lui pour la rigueur et la bonne gestion des affaires. Bien sûr, les trois dernières avaient épousé l'une un notaire, l'autre l'héritier du Bazar des nouveautés de Paris qui s'appelait «Au Gaspillage» et la troisième, un docteur qui avait la confiance des notables de la région. Bien sûr, les deux frères reviendraient de Paris vérolés, ruinés, et s'installeraient en parasites à *La Cisaille*, affolant les fermières du coin jalouses de la vertu de leurs filles. Bien sûr, tout le monde allait à la messe et personne n'écoutait pendant le sermon. Bien sûr, Raymond Brabant, le dimanche, était reçu à *La Cisaille* comme un étranger, mais Angeline avait toujours le mot tendre pour rire, et le regard catégorique pour interdire à ses sœurs de colporter ou lui rapporter des ragots comme des friandises, sur le ton coupant des aveux cordiaux et affectueux. Bien sûr, c'est toujours la même histoire, de terre, de province, d'argent, d'affection, d'absence, de foi réelle et de défense d'amours réelles et partagées, tant et tant de silences pour que personne, sur la photo de famille, ne bouge vraiment. On eût pu croire que cette petite bourgeoisie possédante, d'un siècle d'âge, allait disparaître. Elle existe encore. Elle est tenace. Elle dort sur son or. Elle est souvent montée à Paris pour y faire des boulevards, des immeubles, des affaires, avec la mémoire fixe de ses principes et de ses morales. C'est toujours la même histoire et ça vaut la peine de la raconter. Angeline avait même confié à son aînée Céleste, un jour où elle lui avait rendu visite à la pharmacie, «rien n'atténue jamais vraiment assez». Céleste avait fait semblant de ne pas comprendre mais c'était clairement entendu, car si apparemment on vivait pour l'image et le clan, on savait aussi l'audace dans les limites, le risque dans le confort et la pingrerie, l'abandon entre les quatre murs de la geôle des provinces. Angeline aimait son Raymond tel quel. Raymond tenait à Angeline et lui donnera deux filles, Véronique et, quatre ans plus tard, Geneviève. Tinette sera la marraine de Ginou. Angeline eût souhaité lui donner un filleul, lui rendre un petit homme tout comme elle avait favorisé la fréquentation du sien. Mais les grossesses l'empêchaient, le temps de l'accouchement, de tenir la pharmacie qu'elle gardait alors fermée, ne désirant prendre personne pour la seconder ou la remplacer, unique maître à bord de son bien. Angeline avait décidé, après cette seconde fille, d'arrêter là les frais du rêve d'un fils qu'elle aurait forgé à son ombre et non à celle sémillante du père. Pour couper court à cette course après l'héritier mâle, Angeline avait imposé à Raymond de faire *chambre à part* et s'était employée à lui préparer en bonne laborantine qu'elle était, en spécialiste des herbes et fleurs de *La Cisaille*, tradition séculaire, des tisanes mêlant passiflora, tilia tomentosa et valeriana à seule fin de le calmer, la nuit, et de le tempérer, le jour, toujours en quête de nouvelles affaires, de projets fructueux. Raymond ne rêvait-il pas de se créer un bien propre qui lui permettrait de s'échapper un peu dans les limites de la compagnie d'Angeline et d'être considéré par ceux de *La Cisaille* ? Ainsi, un jour, en blaguant, avait-il suggéré à son beau-frère, inspecteur des impôts, de devenir receveur, de mettre de côté quelques chèques libellés au «Trésor public» et, armé de toutes les encres et plumes possibles, de rajouter «ité» à «public» pour verser le tout au compte courant d'une agence de publicité imaginaire qui se serait appelée «Trésor Publicité». Ce n'était pas un malfrat. Il avait des idées. Or, les informations, même livrées sous le sceau du secret, revenaient toujours à *La Cisaille* où, le dimanche suivant, le père Volard tançait son beau-fils et lui conseillait de s'occuper un peu plus de Véronique et de Geneviève pendant qu'Angeline tenait boutique. Par l'intermédiaire de son beau-frère le notaire, il empruntera de l'argent, boursicotera, amassera un petit pécule, prendra des airs d'homme d'affaires. Mais, par la vertu des tisanes, jamais Raymond n'aura l'audace de devenir ce qu'il était: un prince qui n'avait de princier que les chaussures en lézard, les guêtres et la perle à la cravate. Sa canne à pommeau d'argent bientôt lui servira d'appui. Il avait de l'allure. Assez d'allure pour épater en préfecture. Chez les Volard, on parlait souvent des colonies. Les enfants étaient tous nés dans des pays lointains. Céleste était née à Chandernagor. Angeline avait vu le jour à Singapour. La France des provinces, enrichie, était encore la tenancière d'une grande partie du monde. Sitôt de retour dans ses terres d'origine, les familles conquérantes, hors du besoin, éblouies par des voyages si lointains, se terraient et géraient le bien acquis avec pour seule loi l'impératif de faire des parcours sans faute et des alliances sans faille. Même mécréants, athées, secrètement radicaux-socialistes ou francs-maçons, ils allaient à l'église pour la façade et le rappel du danger de la faute. Ainsi, Tinette, qui avait hérité de ses parents une rue entière d'immeubles à Paris, dans un mauvais quartier, mais de bon rapport financier, s'était-elle retrouvée enceinte de son fiancé, après une permission d'icelui: il y avait eu faute. La famille tournait déjà le dos. Tinette n'avait pu mener à terme cette grossesse. Son fiancé était mort gazé, elle avait perdu le bébé, la famille, sans pour cela la

28

répudier, ne le lui pardonnerait jamais. Elle était devenue l'exemple à portée de la main, tendre marraine pour Geneviève, vague revanche pour Angeline qui avait fait un petit écart amoureux et se montrait désormais la plus douce et la plus rude des Volard. Elle se battait toute seule. Elle muselait son Raymond. On venait de loin commander des tisanes. Aux enfants des écoles qui achetaient des réglisses, des bonbons mimosa ou des boules de gomme, elle ne fera jamais crédit. Les dimanches, à *La Cisaille*, Véronique et Geneviève étaient toujours les moins bien mises. La mère Volard offrait les pèlerines et les bottines que sa fille Angeline refusait d'acheter, «ne les portez pas tout de suite, elles sont neuves». Tinette, elle, envoyait à sa filleule Geneviève des rubans, des tabliers, des petites robes à fleurs que Véronique lui enviait. Alors, elle ne portait rien de ce qui lui était destiné. Jamais Véronique n'aidera Geneviève à faire ses devoirs. Véronique admirait son père, exclusivement. Angeline tenait son monde pour le fameux *sans faute*. Geneviève, livrée à elle-même, n'osait même plus écrire à sa marraine quand elle avait le cœur gros car, en retour de courrier, il y aurait un paquet et des cadeaux qu'elle devrait encore cacher pour ne pas fâcher son aînée. Ainsi donc, sur la photo de mariage, personne ne bouge, chacun regarde ailleurs et se mesure à la loi et à la ligne rigide de vie. Il y eut certainement de l'ironie et de la revanche dans l'application dont Tinette fera preuve en choyant sa filleule. Jusqu'au jour où, en visite, pour la première communion de Véronique, elle verra dans un placard tous ses cadeaux intacts et sa filleule interdite, «pourquoi?» «J'ai peur, Tatie Ginette», «tu peux m'appeler tatinette, je suis ta Tinette», elle avait souri, la petite

Geneviève avait les larmes aux yeux, elle avait ajouté «tu peux toujours compter sur moi, tu es Geneviève, on t'appelle Ginou, je suis Ginette on m'appelle Tinette, il n'y a pas de hasard dans la vie, tu es le début, je suis la fin». Elle parlait bien, Tinette. Geneviève avait l'impression que sa marraine jonglait avec les mots, mais tout ce qu'elle disait était important. «Moi aussi, tu sais...» lui arrivait-il de dire, et elle ne terminait jamais sa phrase. Elle trouvait alors le mot pour rire. Ou les jours de novembre quand elle descendait de Paris pour la Toussaint fleurir ses chères tombes, disait-elle à la petite, de retour du cimetière ou dans le parc de *La Cisaille* quand les oncles et les hommes fumaient leur cigare en buvant la liqueur des Chartreux, «je suis seule. Tu seras seule. Il ne faut jamais attendre quoi que ce soit de qui que ce soit et surtout qui que ce soit précisément». De son missel, un jour, à la messe, «je suis responsable de toi devant Dieu, je suis ta marraine», était tombée la photo d'un jeune homme, en uniforme, aux cheveux bruns et bouclés, aux yeux noirs et aux lèvres bien marquées. Au garde-à-vous, pour rire, le soldat serrait son casque contre son cœur d'une main, et de l'autre main adressait un baiser toujours en suspens. Geneviève avait ramassé la photo. Tinette l'avait remise dans son missel en murmurant «c'est lui, je l'aimais». C'était au moment de l'élévation. Geneviève, à genoux sur le prie-Dieu, le front contre un barreau, avait fermé les yeux pour ne pas oublier la photo et surtout penser aux lèvres, des lèvres comme elle n'en avait jamais vu autour d'elle, livrées, parlantes, surtout pas pincées et «cisaillantes», l'expression était de Tinette. Après la guerre, la mort du bébé et celle de l'aimé, Tinette avait achevé ses études de paléontologie.

Elle travaillait non loin de chez elle, non loin de *sa* rue, au Jardin des Plantes. Plus tard, quand Geneviève montera à Paris pour passer ses examens et achever les mêmes études que sa marraine par une thèse de doctorat d'État avec mention très bien, Tinette lui montrera un cadeau de son fiancé, une lettre autographe de Victor Hugo, écrite à Guernesey le 7 février 1870 et qui s'achevait ainsi «... *Je veux le bien, j'aime le beau, je cherche le vrai, voilà toute mon âme et toute ma vie. Il est bon d'avoir des ennemis, mais il est bon aussi d'avoir des amis. Les amis prouvent la même chose que les ennemis, c'est qu'on va droit au but*». Tinette disait volontiers que cette lettre l'avait aidée à vivre et qu'elle n'avait pas été sans penser qu'en la lui offrant, son fiancé savait qu'il ne reviendrait pas du front. Pour la photo et par cette lettre, Geneviève s'était sentie armée et comblée: elle irait droit au but.

4.

Dehors, il fait soleil. C'est le milieu de l'après-midi. Le lit de madame Martin est resté défait. L'infirmière de jour a emporté les magazines. «Vous ne voulez vraiment pas voir le bébé?» Pas de réponse. Le médecin a été appelé d'urgence au bloc opératoire. Le policier a dit qu'il ne pouvait pas rester et qu'il attendrait des instructions au commissariat principal. Martial Berthier, le mari de Véronique, lui a demandé dans le couloir la discrétion la plus absolue avec la presse locale, «nous venons de loin mais tout se sait, tout circule». «Ayez confiance!» Le policier a fait quelques pas, s'est retourné, «l'important c'est que vous l'ayez retrouvée, pas vrai?» Martial Berthier ne fait confiance qu'à lui-même. Il règne. On dit de lui «il a épousé jusqu'à son prénom». Il est conseiller en gestion d'entreprises. Il va donner des conférences à Paris. Il préfère sa préfecture, les industries de la région. Pour l'analyse des circuits divisionnels il choque, il provoque, use de tout, graphologie, psychologie et surtout parapsychologie, thèmes astraux, ascendants. Il passe pour un mage. Loin. Loin, c'est trois cents kilomètres au nord de cet hôpital, au milieu de la France, le milieu de la France. C'est lui qui a conduit la voiture, Véronique à sa droite, les Brabant sur la banquette arrière, pas un mot, silence absolu. Depuis des années déjà on ne parlait plus de Geneviève, la page était tournée sur son étrange disparition, et voilà qu'elle revenait en scène, voilà qu'on la retrouvait. Voilà que tout recommençait. Il fallait bien qu'il joue son rôle de beau-fils. Avant de partir, tôt le matin, ils étaient allés à la messe de six heures. Ils n'avaient pas communié. Ils se retrouvaient là par habitude, comme s'il s'agissait d'un lieu de refuge avant les catastrophes. Seul le curé était au courant. La messe avait été dite pour Geneviève, dont ils avaient eu en preuve d'existence la photo sur son lit d'hôpital, et pour son bébé, cette petite fille «en bonne forme», disait le rapport de police, dont ils eussent préféré, en secret, à chacun son secret, qu'elle n'existât pas. Au sortir de l'église, celle-là même qui avait vu le mariage des Volard avant leur départ pour les colonies, le mariage de Martial et de Véronique, les baptêmes de leurs trois premiers enfants, l'enterrement de la mère Volard, l'enterrement du père Volard, les baptêmes de leurs quatre derniers enfants, sept en tout, sans compter les premières communions, les confirmations, les centaines de messes, depuis si longtemps le même curé, le père Ouvrard, Véronique avait dit à Martial «c'est dommage, tout était rentré dans l'ordre». Martial avait répondu «vous n'avez pas le droit de parler ainsi». Elle avait rétorqué «tu penses comme moi, forcément». Elle venait de le tutoyer. Ça lui avait échappé. Ils s'étaient retournés. Ils avaient devancé Angeline et son Raymond, bras dessus bras dessous. Eux aussi s'étaient mariés dans cette église. Après, pendant le trajet, ils ne s'étaient plus rien dit. Le reste de la famille n'était pas prévenu. Surtout pas Tinette qui allait sur ses quatre-vingt-quinze ans et qui ne quittait plus Paris. Attendait-elle, elle qui écrivait encore de si belles lettres pour les fêtes et anniversaires, taisant scrupuleusement la disparition de sa petite Ginou comme pour mieux la souligner? En quittant la ville, ils étaient passés dans les faubourgs peuplés d'immeubles. La population de la ville avait doublé à la fin de la guerre d'Algérie. La pharmacie était désormais dans le quartier neuf et populaire de la ville. Angeline, trop vieille pour faire encore commerce de tisanes et de sirops, l'avait vendue un si bon prix que, dans la maison attenante qu'elle gardait, seul luxe de sa vie, le luxe devient alors un excès, elle avait fait mettre du marbre sur tous les sols et fait refaire le toit en ardoises grises, un gris sévère et luisant. Dix kilomètres plus loin, ils avaient longé le parc de La Cisaille, vendue, elle aussi, après la mort du père Volard. La famille entière s'y était réfugiée pendant la Seconde Guerre. Les frères d'Angeline également, pour raison de dettes qu'ils avaient pu tout juste rembourser avec leurs parts de la maison. La famille ensuite les avait abandonnés. L'un, dans un sanatorium, célibataire dont on disait qu'il avait une fille naturelle, Suzanne, mais de qui? Il lui écrivait, cachait les enveloppes et les postait lui-même. Il écrivait aussi sur des cahiers. Il en avait, disait-on, une valise lourde et pleine quand il était parti pour le sanatorium. L'autre frère avait fini ses jours dans un hospice. Des deux, on ne saurait jamais plus rien: ils ne s'étaient pas mariés. En passant près de La Cisaille, c'est à eux que pensait Angeline. Elle les nommait dans sa tête, elle les gommait encore de sa mémoire. Quand on gomme, il reste toujours une trace. Il n'y aurait plus jamais aucun Volard de leur lignée. Puis ç'avait été la route, la belle route du matin. Martial dira seulement, en trois cents kilomètres, «ça roule bien». Il pensera aux jours de ses fiançailles avec Véronique. Il s'était bien dit que cette famille Brabant était étrange, et il s'était alors interrogé sur la sienne propre. Les Berthier n'étaient guère plus simples, même s'ils avaient l'air différents. À ce rang, bourgeoisie terrienne comme on dit, c'était toujours les mêmes histoires d'amour et de cupidité, la même haine pour les trublions et le même enthousiasme pour la représentation, la répétition et la reproduction. Véronique, elle, regardait le paysage, l'air apparemment distraite, déterminée en fait, ramenée à ses jalousies d'enfant comme à un point de départ. Qui paierait l'essence pour le voyage? Et si ce n'était pas Geneviève mais un sosie? L'héritage ne serait-il pas à nouveau partagé? Raymond, à l'arrière, sa canne entre les jambes, les mains bien à plat sur le pommeau, regardait droit devant lui la route. Il aurait bien parlé d'un projet à son beau-fils Martial, ce n'était pas le moment choisi. Nicole était morte trois semaines auparavant. Elle avait été sa maîtresse pendant trente-cinq ans. Il aurait voulu pouvoir enfin clamer cet amour caché, discret, liaison connue et ignorée de tous. La grande feinte. Il aurait voulu dire sa peine de n'avoir même pas pu assister à l'enterrement, tenir compagnie à leur fille, Anna, qui avait désormais l'âge de Nicole quand il l'avait suivie, à la sortie de la préfecture. Elle était secrétaire. Il sortait du Café de la Paix, prestance, dignité, Raymond pendant le parcours était resté droit comme un clocher, frôlant parfois l'épaule droite d'Angeline dans les virages. Il aurait voulu pouvoir tout dire d'un coup. Angeline, elle, grignotait des biscuits vitaminés emportés pour ne pas avoir à prendre de repas. C'est la fin de l'après-midi. Le soleil rougeoie un peu. Ils sont là, tous les quatre, assis autour du lit. Plusieurs fois, l'infirmière de jour les a regardés, du couloir, par la porte vitrée. Plusieurs fois, le médecin l'a appelée au bureau d'étage et elle a répondu «ils ne bougent pas». Elle a même ajouté «béats, baba, estomaqués, comment savoir si ces gens-là sont heureux ou pas?» Le médecin a ri. Puis il a dit «j'arrive». Mais derrière la vitre, il s'est lui aussi arrêté et n'a pas osé entrer. «Si dans une heure ils sont encore là, j'irai leur parler.» «Qu'est-ce que je fais pour le lit de madame Martin, docteur?» «Attendez.» Autour du lit, assise, Véronique a croisé les bras, «tu nous reconnais, Ginou, avoue...», tout de suite l'aveu. Geneviève les observe, ni l'un ni l'autre précisément, tous ensemble et de si loin. Raymond s'est levé, sa canne est tombée sur le linoléum, a roulé sous le lit, Martial accroupi l'a ramassée. Raymond s'est penché vers sa fille. Il a voulu lui donner à boire. L'eau a dégouliné sur son menton, «Ginou, un mot, s'il te plaît. Nous sommes heureux, tu le sais». Rien. Le silence. L'hébétude. Angeline, assise de l'autre côté du lit, près de la fenêtre, son sac sur les genoux, les mains sur le sac, donne l'impression de somnoler. Non, elle bouge, elle remet sans cesse en place sa bague de fiançailles, elle dodeline de la tête, un tic, elle s'est levée deux fois pour tapoter les oreillers derrière la nuque de sa fille, les retourner, les faire bouffer et les remettre en place pendant que Martial retenait sa belle-sœur, un geste pour le confort et la fraîcheur. Angeline n'a rien dit. Rien. Elle a offert des petits biscuits à tout le monde. Alors seulement elle a murmuré «mais si, ça cale. C'est pour tenir». Les trois autres n'en ont pas voulu. Raymond a soupiré «qu'est-ce qu'on va faire?» Silence. Véronique a haussé les épaules, un frisson, «elle nous reconnaît, j'en suis sûre. J'ai envie de la secouer, Ginou! C'est fini la comédie». Angeline a croisé les doigts sur le fermoir de son sac et a arrêté de jouer nerveusement avec sa bague. Martial est allé se poster devant la porte, leur tournant le dos, «je n'aime pas rouler de nuit, vous le savez». Puis le médecin est entré, suivi de l'infirmière de nuit. Six heures du soir. L'heure du repas, et l'heure des visites. On entendait dans le couloir des bruits de pas, des éclats de voix, parfois même des rires, les joies de la vie, la vie des autres. Et le grincement des roues du chariot s'arrêtant à chaque porte de chaque chambre pour les plateaux du dîner, «bonsoir madame Roux, bonsoir madame Sanchez, bonsoir madame Douillac, bonsoir madame Lestier, bonsoir...» Il y avait aussi des braillements de bébés quand on les montre à la famille. Le médecin a dit «vous nous la laissez quelques jours». Angeline s'est levée, «non, nous la reprenons. Chez nous, elle parlera, pas vrai ma petite Ginou?» Angeline a plusieurs fois caressé le front de sa fille. Lui revenait alors en mémoire le rêve des ronces dont elle était prisonnière, appelant au secours, et jamais personne pour la délivrer. Angeline a les yeux secs. La mère Volard disait toujours à Céleste, l'aînée, quand elle avait de la peine, «ça ne sert à rien de pleurer sur ton bonheur». Le bonheur, tout ça? Angeline s'était mise à trembler des doigts, la vieillesse ou l'émotion contenue? Le souvenir du rêve des ronces de *La Cisaille* était là, dans sa tête, mais qui d'autre qu'elle jamais le saurait puisque rien ne se disait entre eux, que c'était très bien ainsi, et tant mieux, une douceur comme les autres. «Douce France», lançait le père Volard à la fin des repas en levant son verre de vin, dernière gorgée avant les liqueurs, la famille était réunie. Véronique arracha sa mère au lit de Geneviève. Martial et Raymond parlaient avec le médecin du mode de transport, de son prix, et de l'infirmière qui devrait accompagner pour veiller aux biberons du bébé. Ils avaient oublié l'enfant. «Vous ne voulez vraiment pas la voir.» Raymond dit «nous n'avons plus le temps». Il fallait également signer une décharge et passer au commissariat. Ils sortirent de la chambre tous les quatre sans se retourner. On apporta le dîner sur un plateau. Geneviève s'était assoupie. L'infirmière de nuit la réveilla et lui donna la becquée, «comme ça», «merci», «c'est bien». Elle lui essuyait les lèvres à chaque bouchée. Geneviève la regardait elle, vraiment. Quand le repas fut fini, l'infirmière de nuit lui dit «vous c'est Geneviève, moi c'est Sylviane. C'est dommage. On a fait ce qu'on a pu». Chacun voudrait pouvoir se dire. Pour en finir. Avec quoi?

5.

Le lendemain, on alerta le mari de Suzanne, la fille naturelle de l'aîné des deux frères d'Angeline. Elle vivait sur les quais de la Jabeuse, non loin de l'église, en contrebas, avec ses trois fils, dans une maison peuplée d'une multitude d'objets. Elle faisait toutes sortes de collections et on la voyait au premier rang de toutes les vacations de successions. À cette occasion, le notaire, beau-frère d'Angeline, la remarquait. La famille ne la fréquentait pas. À l'école, les petits cousins ne se parlaient guère. Pourquoi Suzanne était-elle venue vivre là, justement dans cette ville, un défi? Son époux était psychanalyste. Il recevait sur rendez-vous. Il avait «une belle clientèle», saine. Où donc trouvait-il qui soigner dans cette ville de tradition? On le prétendait fantasque, bon vivant, excellent thérapeute, mais sa réputation se forgeait à mi-voix. On s'adressait à lui en cachette. Apparemment, les façades des familles n'avaient pas de lézardes et il ne fallait pas que le recours au docteur Sylvain Lherbier fît jaser. Suzanne et Sylvain s'adoraient depuis l'enfance. Suzanne était ce qu'on appelle une bonne mère et la maison, à ce qu'on en disait, pour être un trésor d'objets glanés ci et là, un peu de l'histoire de tout le monde pour écrire la sienne propre, n'en était que davantage un lieu où l'humour régnait autour d'une bonne table. Des bruits couraient: les trois fils étaient éduqués librement, toutes les questions leur étaient permises; l'été, ils faisaient du naturisme au bord de l'Atlantique. Le docteur Lherbier avait suivi aussi des études de pédiatrie. C'est donc lui qu'Angeline appela. Il avait un patient. Et il lui avait fallu parler à Suzanne qui mettait, devant tant de mystères, un brin d'ironie à répondre «oui, ma tante, c'est promis», «oui, ma tante, je lui dirai de n'en parler à personne», «oui, ma tante, Sylvain passera en fin de journée», se gardant de poser des questions précises, se doutant qu'il s'agissait du retour de Geneviève, la seule de la famille qu'elle avait un peu connue, à Paris, chez Tinette, au temps des examens de Sylvain. La famille donc, dans un premier temps, ne saurait rien. En début d'après-midi, Véronique vint déposer chez sa mère, précautionneusement emballé dans des sacs-poubelle en plastique qu'elle récupéra, le berceau qui avait été celui de ses enfants, des cartons de brassières et de layette ainsi que des couches et des petits pots premier âge qu'elle était allée acheter au supermarché de la sortie nord de la ville, pour plus de discrétion. Martial avait un séminaire «très important, maman, tu comprends» et elle devait aller chercher ses cadets à la sortie de l'école. En lui remboursant les courses, Angeline avait dit «l'argent ne vaut plus rien», puis elle avait sangloté, sanglots secs et nerveux. Son porte-monnaie était tombé par terre. Véronique avait ramassé les pièces sur le marbre, à genoux, tout comme Martial, la veille, avait ramassé la canne du père sur le linoléum de la chambre d'hôpital. Raymond n'était pas là. «Il est allé voir sa fille, l'autre», dit Angeline. Véronique avait répondu «je ne sais pas de qui tu parles». Elle avait embrassé sa mère. «Reste avec moi au moins pour accueillir Ginou».«Non, je ne peux pas.» Véronique était partie avec les sacs-poubelle et son habituelle bonne conscience. C'est donc Angeline qui ouvrira la porte de la maison. L'ambulancier aidera Geneviève à gravir les marches du perron et la conduira jusqu'à sa chambre, au premier étage. L'infirmière préparera le berceau, près du lit de Geneviève, changera le bébé et le couchera, «elle a eu ses biberons de six et neuf heures, le prochain c'est dans trois heures». Ni au revoir ni merci, ni même *la pièce*, comme on dit, Angeline refermera la porte de la maison, attendra la fin du bruit des pneus sur le gravier du jardin et respirera profondément, comme un soupir dont elle ne savait plus s'il était de remords ou de satisfaction, le soupir qui d'ordinaire lui permettait de chasser le rêve des ronces de *La Cisaille*. Angeline s'en voulait d'avoir, sur le coup de l'émotion, livré à Véronique le secret pourtant connu de tous, de la vie de son Raymond. Raymond tardait. Elle alla voir Geneviève au premier étage et seulement, enfin, regarda le bébé. C'était une jolie petite fille aux yeux verts, très attentive. Comme elle ressemblait à sa mère! Angeline eut l'impression de revoir Geneviève dans son berceau, les yeux grands ouverts, toujours éveillée, aux aguets, attendant que l'on se penche. Geneviève, en manteau, le vieux manteau limé qu'elle portait le jour de son départ, était assise sur le rebord du lit, immobile. Elle se tourna vers le berceau et Angeline. À voix fine et faible elle murmura «donne-la-moi». Angeline répondit «j'ai peur de la prendre. J'ai peur de la faire tomber», et seulement se rendit compte que Geneviève avait parlé. Raymond venait d'entrer dans la chambre. «J'ai entendu. Bonsoir, Ginou, tu es de retour chez nous.» Il s'approcha d'elle, l'embrassa sur le front, «c'est chez toi, ici, c'est ta chambre. Tu te la rappelles?» Geneviève prit appui sur le bras de son père et, sur le bout du lit, fit un pas vers le berceau, puis deux, puis trois. Angeline s'était écartée. Geneviève se pencha sur le berceau, prit sa fille dans les bras et murmura «Claire», répéta «Claire». Angeline dit «c'est son prénom? Il faut la baptiser». Raymond intervint «ma Line, tu vas trop vite». «Et toi, de quel pas te rendais-tu en catimini chez la fille de cette femme-là? J'avais besoin de toi. J'ai tout préparé seule.» Il y eut un silence. Angeline fixait du regard Raymond. Raymond s'interdisait de baisser les yeux devant Angeline. «Je t'aime, Angeline», dit-il à voix cassée. «Je ne le sais que trop», répondit Angeline sans pouvoir donner l'habituel aplomb à cette phrase. Geneviève les regarda l'un et l'autre, se dirigea vers le lit étroit, son lit de jeune fille, celui dont Véronique la coquette, digne fille de son père, n'avait pas voulu parce qu'il était «trop moche», et s'allongea, tenant le bébé contre elle, jouant avec son petit menton, lui caressant le front comme Angeline avait caressé le sien dans la chambre de l'hôpital. Raymond dit «elle devrait retirer son manteau». Angeline murmura «il faudra rajouter une lumière dans cette chambre». Puis elle chaussa ses lunettes et consulta les ordonnances que l'ambulancier avait déposées sur la table de chevet. «Tout ça, jamais! En plus elle n'est pas remboursée.» Elle se tourna vers Geneviève, «on soigne la vie par la vie, ma petite». On sonna à la porte, «c'est le mari de Suzanne». Angeline cria «j'arrive» du haut de l'escalier. Elle ouvrit la porte. C'était la première fois qu'elle rencontrait Sylvain. «On ne vous a pas vu au moins», dit-elle et cela lui avait échappé. Sylvain sourit, «si, tout le monde, toute la ville en parle.

Je plaisante, bien sûr. Suzanne m'a chargé de vous remettre ces confitures. Où est Geneviève? Je veux la voir seule, d'abord. Et vous, ensuite». Dans la chambre, Sylvain et Raymond se sont serré la main. «Il faut que ça reste dans la famille, docteur.» «Laissez-nous seuls s'il vous plaît.» Dehors, il faisait presque nuit. Un vent d'ouest soufflait qui agitait les arbres. La Jabeuse était en crue de printemps. On eût pu entendre le fracas des eaux mêlées, furieuses, boueuses. Ou bien était-ce le bruit du vent contre les immeubles neufs, carrés anguleux? Sylvain se dit que la Jabeuse n'était pas en crue par hasard. Mais elle ne déborderait pas. La ville faisait seulement goulot d'étranglement. Suzanne et lui, à bon quai, dormiraient fenêtres ouvertes, comme au bord d'un torrent. C'était ainsi chaque printemps. Sylvain avait même dit un jour à Suzanne «c'est la boue des familles qui s'en va. La toilette annuelle. Au bout de la Jabeuse, il doit y avoir un immense delta». Suzanne l'aimait pour ces folies de paroles. Au retour du sanatorium où le père de Suzanne était mort d'abandon, et près duquel, fosse commune, il avait été enterré, ni fleurs ni couronnes, ni même sa fille prévenue trop tard, il avait bien fallu aller chercher les affaires du père, ils avaient tout donné sauf la valise contenant les cahiers d'une vie, Sylvain et Suzanne avaient jeté la valise dans les eaux grossies de la Jabeuse. Sans rien se dire. D'un commun accord. La vie du père coulait donc désormais dans ce fleuve. À chaque crue de printemps, Sylvain pense à ce geste, du haut du pont, furtivement, comme des voleurs, geste qu'il avait sans doute dicté à Suzanne pour que personne ne s'interpose entre eux deux. Ils s'y étaient pris à deux fois pour hisser la lourde valise sur la margelle du pont et à quatre mains pour la faire tomber de l'autre côté. Sylvain Lherbier a retiré son blouson. Il s'est assis près du lit. Il a dit «bonjour Geneviève». Elle a répondu «bonjour Sylvain». «Te revoilà?» Elle fit un petit sourire, embrassa son bébé. «Comment l'as-tu appelée?» «Claire». «Suzanne et moi avons trois fils. Tu viendras nous voir?» Silence de Geneviève. Diagnostic immédiat: rien, la fuite, son secret, l'épuisement, le retour à la case départ. Sylvain tendit la main et Claire lui attrapa un doigt. Elle gazouillait. Geneviève les observait avec confiance. Il ne fallait rien dire. Chacun serait donc toujours l'otage des silences de l'autre. Sylvain se souvint d'une phrase d'André Breton, *la courbe blanche sur fond noir qu'on appelle la pensée*, et c'était, disait-on, de l'écriture automatique. Littérature? Le contraire de l'imprimerie? Il lui plaisait ainsi de s'enfouir dans des pensées, aveux, quand il devait se taire pour laisser à l'autre la liberté de l'appel et de la confidence. «Et Tinette?» murmura Geneviève au bout de quelques minutes. «Elle t'attend», répondit Sylvain. «Elle vit?» «Nous l'avons vue la semaine dernière à Paris.» «Tu peux lui dire que je suis revenue.» Sylvain fit signe que oui. Ainsi donc le temps passait. Le vent redoubla de violence. Le ciel se fâchait. La nuit était tombée brutalement. Sylvain ouvrit la fenêtre, ferma les volets. Il aida Geneviève à se relever, à quitter son manteau. Le bas de sa robe était maculé de sang. Il fit semblant de ne rien remarquer, ouvrit un placard. Il y avait une robe bleue, à fleurs, suspendue, abandonnée. Il la tendit à Geneviève qui se changea pendant que Sylvain auscultait Claire. Sylvain se releva et dit «c'est un beau bébé. Suzanne et moi rêvions aussi d'une fille...» C'était là un aveu de trop. N'empiétait-il pas sur le secret de Geneviève? Longtemps ils se regardèrent dans les yeux. La petite se mit à pleurnicher parce qu'on ne s'occupait plus d'elle. Geneviève la prit dans ses bras et la calma, un geste que Sylvain trouva preste et familier. Il s'interdisait les questions et avait déjà le sentiment d'en avoir trop dit. Pour Geneviève, c'était donc cousu de fil blanc. À nouveau il pensa à la phrase d'André Breton. Une *courbe blanche sur fond noir*, de la pensée, de l'écriture qui servirait enfin aux légions de mal-aimés. Qui sait? Geneviève s'approcha de lui, «tu reviendras?» Sylvain répondit sans hésiter «je ne crois pas». Il embrassa les pieds du bébé, l'un, puis l'autre et, tête baissée, murmura «ils n'ont pas changé. Ils ne changeront pas. Mais je te fais confiance». Il allait sortir de la chambre, porte ouverte, quand à voix plus haute, sans doute pour que ses parents entendent du salon, «dis à Suzanne que je l'aime et que je veux la voir». Sylvain sourit en haussant légèrement les épaules, un doigt sur les lèvres pour lui dire de parler moins fort. C'était là peut-être, encore, trop faire et trop dire. Sylvain l'embrassa sur les joues. Geneviève murmura «j'ai peur». «Moi aussi, et nous avons tort.» Quand Sylvain entra dans le salon, du marbre, tant de marbre, de vilains fauteuils et même pas un tapis, la télévision était allumée, Angeline sommeillait. En face d'elle, Raymond tout droit sur son séant, en veston d'intérieur avec initiales brodées en grand, semblait perdu dans ses pensées. Sylvain baissa le son de la télévision. Angeline et Raymond le regardèrent. Il resta debout, «Geneviève n'a qu'une immense fatigue. Et son histoire. Ne la pressez pas de questions. Laissez faire le temps. Elle vous racontera tout, plus tard, très tard, et peut-être même jamais. C'est son histoire. N'essayez pas de savoir. Je ne peux rien d'autre. D'ailleurs, si je le pouvais, je ne le ferais pas, par déontologie: n'est-elle pas ma cousine, et vous deux mon oncle et ma tante? Si vous voulez l'adresse d'un confrère, je vous la donnerai. À mon avis, c'est nous qu'il faudrait soigner, vous deux, Véronique, Martial Berthier et toute la famille. Je dis bien toute. Non, ne me raccompagnez pas». Il ajouta «Suzanne et moi préviendrons Tinette». Angeline eut un éclat de voix en le pointant du doigt, un doigt tremblant, «vous n'avez pas le droit!» «Nous le prendrons, ma tante.» «Je ne suis pas votre tante.» «Suzanne vous embrasse. Adieu.»

6.

La vie des uns chasse la vie des autres, chacun voudrait se reconnaître un peu. La nouvelle circula comme une traînée de poudre. La ville était secouée par le vent. On annonçait une tempête pour la nuit et de fortes pluies le lendemain. La Jabeuse était au plus haut. Tout porte à croire que le père Ouvrard avait été prévenu par l'aumônier de l'hôpital, version officielle, ou bien était-il allé lui-même aux nouvelles, curieux qu'il était de ses ouailles, brave homme, sans doute, un peu trop dévoué. Au sortir de la messe de six heures du matin, alors qu'Angeline remettait, fait rarissime, une obole, Martial Berthier n'avait-il pas dit que la route serait longue, qu'il fallait «y aller», et donné la destination sans même s'en rendre compte? Les plus vifs secrets ont toujours une faille et les plus cordiaux alliés sont souvent de fins limiers. En fin de journée tout le monde savait qu'on avait retrouvé la «petite Volard», on ne disait pas Brabant, là aussi, dans la mémoire collective, Raymond avait échoué et se trouvait rejeté. Tout était parti du coiffeur Flavien chez qui le père Ouvrard était allé se faire couper les cheveux, «très courts, s'il vous plaît, comme d'habitude». «Court ou à la mode, c'est le même prix pour vous, monseigneur, c'est gratis.» Le père Ouvrard aimait ce mécréant de Flavien au rude coup de ciseau, qui avait une manière poignante de vous saisir le crâne pour passer la tondeuse. C'était toujours le même dialogue depuis des années. Flavien bouffait de la soutane, le père Ouvrard aimait blaguer avec lui, pour le pompeux «monseigneur», et s'entendre dire des «alors, vous ne parlez plus en latin, vous essayez de causer comme tout le monde?» ou des «vous sentez de moins en moins l'encens et de plus en plus le vin de messe, monseigneur». C'était ainsi. Des peccadilles. Le père Ouvrard avait succombé à la tentation de la confidence, «la petite Volard» était revenue. L'aumônier d'un hôpital, il n'avait tout de même pas dit d'où ni lequel, l'avait «prévenu» qu'elle était retrouvée, revenue, récupérée. Il n'avait pas non plus mentionné le bébé. Après tout, vieille camaraderie, il avait parlé, pas trop, juste ce qu'il faut pour donner à parler et, selon lui, à réfléchir. Comme le client suivant avait été le mari de Céleste, brave inspecteur des impôts à la retraite et qu'il ne disait jamais rien, l'air détenteur des secrets de fortunes de chacun, Flavien avait parlé. Et ç'avait été comme la Jabeuse en crue. Ces choses-là n'existent plus, à ce que l'on prétend, ces choses-là existent encore, la province est intacte. Le temps a suspendu son vol à la Révolution. Deux siècles de mainmise et de droit de mainmorte. Les statues de l'église sont toujours décapitées, une église qui n'a jamais été consacrée collégiale ou cathédrale, une préfecture peu prisée où les préfets passent en tout début ou en toute fin de carrière, jamais assez longtemps pour s'imprégner de la mentalité de la région et de l'esprit de la ville, ville cernée de remparts qui a débordé vers l'ouest, du côté de l'ancienne pharmacie d'Angeline. La nouvelle fit donc le régal d'un dîner, derrière les volets clos.

Le vent sifflait qui eût pu les arracher. C'était ainsi à chaque printemps. La «petite Volard» et son retour, c'était inattendu. «Comme un miracle», avait dit le père Ouvrard, et il fut bon, le temps d'un repas, de jaser et de se souvenir. Après tout, celle-là, les années passant, on l'avait rayée de la liste des vivants. Pourquoi était-elle partie si longtemps? Pourquoi n'avait-elle jamais donné des nouvelles? Ou bien les Brabant, et cette fois on disait les Brabant, avaient menti. C'est Véronique qui reçut les coups de téléphone de Céleste et de ses trois autres tantes. Elle répondait «je ne sais rien», «je n'en sais pas plus que vous», «je ne peux rien dire» ou encore «appelez maman, elle vous dira ce qui se passe». La famille avait peur d'Angeline. Et puis Nicole était morte. Tout se savait. Cela faisait beaucoup d'événements pour un seul clan en quelques semaines. Chez les Brabant, à table, Angeline avait mis un couvert de plus. Le pain était dur. La soupe était maigre. Seul Raymond buvait son vin à petites gorgées sèches. Une bien belle salle à manger et de la vaisselle rare qui venaient de *La Cisaille*, et le repas, comme à l'ordinaire, était pingre. Geneviève avait faim. Elle mangeait. Elle ne disait toujours rien. Ses parents l'observaient. Angeline soupira «parle-nous, Ginou», puis «tu as bien parlé à ton cousin» et «qu'est-ce que tu lui as dit?» Rien, et rien de farouche à cela, une douceur qui se tait, c'est tout, une tendresse qui aurait voulu pouvoir dire son nom, c'est déjà beaucoup. Angeline insista. «Dis-nous au moins qui est le père de ce bébé?» Elle insista, «le père de Claire!» Comme elle venait pour la première fois de prononcer le nom de sa petite-fille, il y eut une belle lueur dans le regard de Geneviève. Allait-elle parler? Elle se leva, porta les assiettes sales et les couverts à la cuisine, lentement, comme elle l'avait fait si souvent au temps de ses études et même la veille du grand départ. Raymond remit en place la perle de sa cravate, cravate sombre, perle noire, un deuil? «Pourquoi», dit-il à Angeline en l'absence de Geneviève, «insistes-tu? Elle ne parlait pas, déjà, avant. Ou si peu.» Angeline affirma «j'ai le droit de savoir». Raymond murmura «tu as tous les droits...» Angeline fit semblant de ne pas avoir entendu. Le téléphone sonna. C'était Véronique, tout le monde savait, «qu'est-ce que je fais, maman?» Martial venait de rentrer de son séminaire, «nous arrivons». Geneviève passa devant ses parents, un biberon à la main, et monta dans sa chambre. Au salon, Angeline dira à Raymond «c'est à croire qu'elle a l'habitude», puis «tu ne dis rien, toi non plus. Elle revient. Elle est là. Elle fait comme si. Elle nous provoque». Elle brancha la télévision. C'était la fin des informations. Il y eut un bref récapitulatif des nouvelles de la journée, des drames, des catastrophes, un charnier de guerres, partout. Raymond ne regardait jamais la télévision et prenait place, jambes allongées, pieds croisés, inspectant le bout de ses chaussures en lézard noir, toujours le même modèle depuis tant d'années. Il y avait du bon aloi dans cette torpeur et de la grandeur dans cette habitude. Placée comme elle l'était, Angeline avait le choix entre la télévision qui faisait du bruit et qu'elle n'écoutait pas, et son époux qui ne disait rien et qu'elle eût voulu pouvoir interroger, c'était très bien ainsi, l'ordre contenu et le fracas des silences convenus. «Elle ne va tout de même pas se coucher sans nous dire bonsoir. Martial la fera parler.» Pas de réponse. «Raymond?» Il ne faisait même plus attention à elle. C'était tant mieux. Suzanne, elle, de chez elle, parlait à Tinette au téléphone, très fort, lentement et avec diction pour que Tinette entende, «je te passe Sylvain. Il a une bonne nouvelle à t'annoncer». Elle prit l'écouteur. Sylvain dit que Geneviève était revenue chez elle. D'une voix fine et faible, ferme cependant, Tinette répondit «je le savais, je le désirais si fort». Sylvain raconta son entretien, le bébé, la voix de Tinette se fit plus vive. «Il va falloir l'aider maintenant.» Un silence, puis un «plus que jamais! Je vais venir. Je prendrai un taxi. Je me débrouillerai. Il faut que je sois là. Il y a bien une petite place pour moi, chez vous?» «Tu auras notre chambre, Tinette, avec vue imprenable sur la Jabeuse.» «Je vous aime.» Suzanne dira «en taxi, de Paris? C'est tout Tinette». Au même instant, Véronique et Martial entraient dans le salon. Raymond se levait, embrassait sa fille sur le front, serrait énergiquement la main de son beau-fils d'un air de dire «il était temps que vous arriviez», éteignait la télévision et préparait les verres de liqueur des Chartreux. Angeline appela Véronique «ta sœur est là!» Martial expliqua sa journée de «séminaire»: une scierie, le père et les trois fils, la mère comptable qui s'était évanouie au cours d'une séance de «concentration», les fils un à un, sur des questionnaires banals, avaient donné des réponses qui trahissaient à peine leur volonté de voir disparaître le père. Et le père, le patron, souverain, brutal, en quelques heures, avait admis des erreurs commises, des mots malheureux. Le séminaire recommençait le lendemain à neuf heures. L'entreprise périclitait. «Il était temps qu'ils aient recours à moi.» Martial ouvrait toute grande la bouche pour dire *moi*. D'un geste mécanique, il lissait son crâne chauve ce qui faisait toujours sourire Véronique. «À nous», dit Martial en prenant confortablement place dans le fauteuil de Raymond, un verre de liqueur à la main, «pour ce qui est de Geneviève, c'est simple: laisser faire, laisser dire. Comme on dit, toute honte bue, c'est le résultat qui compte. Pas vrai? Ce parasite de Lherbier vous aura dit la même chose.» Raymond se tenait accoudé à la cheminée où jamais l'on ne vit de flambée. Angeline jouait à nouveau avec sa bague de fiançailles, l'air d'une petite fille. Véronique guettait l'escalier. Martial reprit la parole, «de toutes les façons, quand nous saurons la vérité, ce sera toujours trop tôt». On sentait Martial pressé, agacé. Le ton de sa voix était volontairement étranger et distant. Véronique avait sa moue de désaccord parfait. Déjà elle consolait sa mère qui murmurait «pourquoi nous a-t-elle fait ça?» Martial se mit à rire et, penché, les coudes sur ses genoux, les mains jointes comme en religion, ajouta «m'est avis que nous sommes tous responsables et qu'il ne faut surtout pas le dire. Ou alors, carrément. On casse tout. Il n'y a pas de civilisation sans renoncement culturel». La citation de Freud fut du plus bel effet, Angeline, Raymond et Véronique n'y comprenaient déjà plus rien. «M'est avis» précisa Martial, «que nous devons taire nos querelles, baptiser la petite au plus vite, inviter toute la famille et laisser faire le temps.» Angeline releva la tête. Geneviève venait de descendre avec le bébé dans ses bras. Les regards convergeaient vers elle. Geneviève souriait, «tout ira, je vous l'assure, je ne pensais pas vous déranger, c'est tout. J'ai seulement besoin d'attendre un peu, avec elle». Elle embrassa la petite Claire. «Attendre quoi?» demanda Véronique, «nous t'avons attendue si longtemps. Tu ne vois pas le mal que tu as fait aux parents?» Martial se leva pour retenir Véronique. «Je le vois et je le bois», dit Geneviève à voix basse. Puis elle quitta le salon et regagna sa chambre. «Elle est folle», dit Véronique. «Quelle ingratitude», souffla Angeline. «Un peu plus de liqueur?» proposa Raymond. «M'est avis que nous n'avons plus rien à nous dire avant demain. J'irai voir le père Ouvrard. On baptisera Claire demain soir. Toi, Véronique, préviens tout le monde. Il serait bon que nous nous réunissions ici, après et que ce soit une fête» «Ah, pas ici!» cria presque Angeline. «Alors chez nous, Mamie.» «Non pas chez nous», dit Véronique. «C'est moi qui décide», lança Martial, un beau *moi*, la bouche grande ouverte. Il avait ajouté, pour plus de confusion, de panache et de verve, «j'aime le danger énigmatique».

7.

«J'ai toujours un peu peur de mourir», murmura Tinette. «La nuit surtout, même lorsque je dors, je veille. Je tiens la garde. Je surveille les allées et venues de mes rêves. On me tiraille un peu, on me bouscule, on me tarabuste, je tiens bon. Tu m'as sauvé la vie, tout ce temps-là, en fuyant, par le seul fait de ta disparition, car je te sentais vivante et je savais que tu reviendrais. Toutes choses qui ne s'expliquent pas, il fallait chaque soir franchir le cap des nuits, aller au-devant des foules éphémères dans lesquelles parfois on reconnaît un ami, un aimé, un amant qui vous frôle, ne vous dit rien, ne sait plus qui vous êtes. Alors, on se ressaisit. On ne veut pas mourir pour cette seule peine. Tu étais mon autre chagrin. Le vivace. Le fécond. Le tenace. Je passais mes nuits à faire le guet de moi-même et mes jours à prendre garde à ma santé. Je suis restée des après-midi entiers au Jardin des Plantes pour marcher, prendre l'air, interroger les nuages à la dérive et les charger de messages pour toi. Les as-tu reçus? Ne réponds pas. Je ne suis pas venue pour te faire parler. Ta présence suffit. Sais-tu qu'à l'entrée du labyrinthe de verdure, au Jardin des Plantes, il y a cette pancarte, *il est interdit d'emporter des chaises dans le labyrinthe?* C'est beau. Toute ma vie, je suis restée debout et je ne veux vraiment pas trouver la sortie. J'ai gagné du temps avec toi. Un instant d'assoupissement, une petite minute de réel sommeil, et je serais partie trop tôt en laissant toutes les adresses de tous mes immeubles mais à qui, à qui de droit sinon à toi? Je sais que tu m'écoutes. Parfois dans mes rêves, je te voyais de loin. Tu marchais. Tu priais, pas la prière bigote des églises où l'on dénonce la faute et où l'on trouve bonne conscience, une prière allante, impie, espérante. Dans mes rêves, tu n'étais pas seule. Tu suivais quelqu'un. Quelqu'un dont je n'avais même pas à savoir si le chemin qu'il te montrait était bon ou mauvais. Je voulais vous rejoindre, dès que je m'approchais, vous vous éloigniez encore plus. Dès que je vous perdais de vue, je me levais, j'allumais la lumière, je buvais un verre d'eau, je m'accordais une cigarette et, assise dans le fauteuil, près de mon lit, je m'empressais de faire l'inventaire de ce que j'avais vu et entendu de nouveau et de neuf. Je me racontais ma petite histoire. Je te suivais pas à pas, ne sachant pas très bien où et pourquoi. Tu vivais et je tenais le coup. Tu m'entraînais, sans le savoir, dans le sens inverse de celui de la mort qui vient forcément avec l'âge. Je n'ai pas besoin de te questionner. Le fait que je sois là est la réponse à toutes les questions, même s'il y manque de la précision. J'ai pris un taxi, ce matin, comme on prend un rêve. Je le garde deux jours. Ta mère m'a dit: Et tu le paies rubis sur l'ongle à t'attendre? Il faut pas lui en vouloir. Elle est assise dans le labyrinthe. Et elle n'est pas la seule. Demain, pour le retour, j'aurai peut-être un peu plus peur, surtout si, heureuse d'avoir avec toi enfin capté mon rêve, je m'assoupis un peu. J'aime Claire. Elle te ressemble. Elle a déjà un petit regard sur nous. J'aurais voulu être sa marraine. Je suis trop vieille et on n'aime qu'une fois. Cet après-midi tu aurais pu demander à Suzanne de me remplacer. Elle m'a dit de te dire qu'elle acceptait, mais ce sera Véronique. Les Lherbier ne sont pas invités. Bien sûr. Sache que nous sommes utiles pour la famille. Nous sommes leurs gueux. Ne leur réponds pas et vis ta vie. Le taxi m'a prise à six heures du matin. Il fusait, six heures de route pour venir jusqu'à toi. Avec les autoroutes, on ne voit plus le paysage, le rêve continuait, cette fois, je savais que je te rattraperais. Je peux prendre Claire dans mes bras? Elles étaient belles, tes prières, quand tu fuyais. La demande était pure et nette. Tu chantais.» Tinette, elle aussi, chantait ce qu'elle disait. Elle continua «n'avoue jamais, n'avoue rien, eux seuls sont coupables et seuls. Tu dois et tu peux comme moi inscrire l'aveu dans la pratique qu'ils font de leur pouvoir et dans les problèmes qu'ils créent à son sujet. Il y a du policier en eux, du policier attendrissant, du policier douloureux, de la tendresse matée, de la tradition sans audace, de l'amour sans humour. Ce sont des fureteurs, des aimables, des rongeurs. Ils se rongent eux-mêmes. Je les respecte. Respecte-les, ils sont malheureux. Ils ont beaucoup plus besoin de toi que tu n'as besoin d'eux, tu les interroges! Sans toi ils n'auraient plus rien à dire, tu les tarabustes! Ne deviens jamais la demanderesse. Qu'ils gardent les premiers rôles, tu es la confidente de leurs silences. Ils veulent le dernier mot, tu as le premier. Je t'ai déjà parlé ainsi, il y a longtemps. Tu ne comprenais pas. Cela t'aidait. Je te parle à nouveau ainsi. Tu comprends mieux. On comprend toujours trop tard, sur le tard, sur le trop tard. Mille fois, je me suis répété ce que je viens de mal te dire. Il ne faut pas répéter ce que l'on a à dire, il faut improviser, le cœur battant, parler en respirant, ce que je fais maintenant, parce que tu me regardes. C'est l'heure de changer la petite. J'aime te voir sourire ainsi. Surtout ne me raconte rien, je ne veux rien savoir. Alors seulement, je saurai tout, dans les moindres détails.» On frappa à la porte. C'était Angeline. Le déjeuner attendait. Elle regarda Geneviève langer la petite Claire. «Vous parliez», dit-elle, «et maintenant que je suis là, vous ne dites plus rien. J'existe, vous savez.» Tinette lui prit une main et l'embrassa. «Je n'ai que faire de vos mystères», ajouta Angeline, «je ne vous attaque pas. Je veux simplement savoir. Je veux pouvoir comprendre.» Tinette soupira , «tu n'as pas très bien entendu ce que nous disions». «Tu parlais tout le temps. Je n'aurais jamais dû appeler Sylvain. Je n'aurais jamais dû te demander d'être la marraine de ma fille.» Tinette s'approcha de Geneviève, caressa le ventre de la petite Claire, embrassa ses pieds. Le ton d'Angeline n'était pas vraiment aigre-doux. Régnait une douceur en pure perte, comme une connivence. Geneviève fit un pas vers sa mère, la prit dans ses bras et l'embrassa sur les joues, quatre fois, la coutume de *La Cisaille* quand on s'y retrouvait les dimanches, c'était quatre. Angeline se laissa faire. «Nous serons toutes les trois pour déjeuner. Raymond est sorti. Le baptême aura lieu à cinq heures. Il faut choisir les deux autres prénoms. Le père Ouvrard a demandé qu'on ne soit pas en retard. Nous nous réunirons ensuite chez Véronique. J'ai pensé que tu pourrais t'occuper des dragées, ma Tinette.» Angeline quitta la chambre en laissant la porte ouverte. «Je vous attends en bas. Le déjeuner est au chaud. Ne tardez pas. Le biberon est prêt.» La robe maculée traînait encore à terre. Tinette se pencha, en fit une boule qu'elle lança dans la panière du cabinet de toilette. Puis elle hésita, reprit la robe, «je la garde, je la jetterai ailleurs, n'importe où, en route, demain». Elle la plia sur le lit, elle savait si bien préparer les valises quand Geneviève rentrait chez elle. Elle avait l'art de plier pour que rien ne se froisse. «Il faut que cette robe disparaisse.» «La grange sentait si bon, marraine.» Tinette fit rouler la robe pliée et la plaça au fond de son sac. Elle regarda la petite Claire dans les bras de Geneviève, «et mange vite au repas, nous avons mille folies à faire avant le baptême. Nous irons Au Gaspillage, chez tes cousins. Il faut que vous soyez belles toutes les deux». Geneviève lui adressa un sourire franc, «nous passerons aussi chez madame Flavien. Tu as des cheveux si doux. Moi, j'ai mis ma plus belle perruque, tu l'avais remarquée?» Elle rit. Dans l'escalier, la main sur la rampe, veillant à chaque marche, elle s'arrêtera, se retournera vers Geneviève et murmurera d'un ton presque mutin «vraiment, où en sommes-nous tous? Quel usage faisons-nous de nos libertés? J'aurais bien voulu savoir la suite», puis «tout ce marbre, je me sens comme un cygne sur un étang glacé». Le repas fut bref. «Dis-nous, Tinette, que fais-tu de toutes tes journées, là-haut, à Paris?» «Je lis, je m'instruis. Je donne des causeries dans des cercles de vieilles dames qui s'ennuient, elles. Je me promène et je pense à nous tous.» «Ne pense pas trop, ma Tinette. Demande plutôt à Geneviève de tout me raconter, en tête à tête.» Il y eut un silence. Geneviève déjeunait tout en donnant très adroitement le biberon à la petite Claire. «Ce serait gentil d'inviter Sylvain et Suzanne.» Angeline trancha, «pas question, leurs enfants sont indécents». «Tu les connais!» «On me l'a dit, il suffit.» Le repas achevé, Tinette se leva. Geneviève regarda sa mère.

Tinette lança «allons, Ginou, allons préparer la fête». Angeline se fâcha, «tu ne vas tout de même pas la montrer à toute la ville». «Pourquoi pas? Et pourquoi te fâcher continuellement avec toi-même?» «Je vous interdis.» «C'est un grand jour, Angeline. Souviens-toi de la rencontre avec un certain Raymond, chez moi.» Angeline resta à table, seule, accoudée. Tinette, Geneviève et la petite Claire sortirent sur le perron. Il faisait soleil après la pluie du matin, un soleil frais et serein. Les buis du jardinet, fraîchement taillés pour le printemps, embaumaient. Le taxi attendait en bas du perron. Angeline guetta le bruit des pneus sur le gravier. Elle se mit à penser à la robe qu'elle porterait pour le baptême, toujours la même, la grise.

8.

«Alors voilà l'héroïne», dit le chauffeur de taxi, «un beau brin de bébé.» Tinette indiqua la direction des remparts. Au moment où la voiture franchissait la porte Saint-Benoît, Geneviève glissa à l'oreille de Tinette «j'ai été pauvre et très heureuse». Elle reconnut le boulevard de la République, la place de la Préfecture, la rue Jean-Jaurès, la rue Judaïque, l'église, le boulevard Roger-Salengro. À nouveau elle se pencha vers Tinette, «je n'ai jamais su le prénom de ton tien, à quoi bon te dire le prénom de mon mien?» L'air était vif et pailleté. Le soleil jetait ses rais sur les squares et sur les trottoirs. La ville, par endroits, avait des allures de capitale. Elle se donnait des airs grandioses en miniature. L'eau coulait aux fontaines de bronze. Une vraie ville du siècle dernier. Il y avait désormais des rues piétonnières et les magasins avaient changé de vitrines et même parfois de nom. «Au Gaspillage» s'appelait désormais «City». Tinette répondit «mais tout de même, cet homme t'a abandonnée en couches». Geneviève glissera un «il m'avait prévenue, si c'était une fille c'est que j'avais péché. Il ne pouvait avoir que des garçons». La conversation s'arrêtera là, le chauffeur de taxi les observait dans le rétroviseur. Tinette regrettait déjà son *mais tout de même*, pourquoi avoir dit *mais*, avait-elle aussi du chagrin, ou de l'amertume, comme les autres? Geneviève avait aussi parlé de *péché* et elle avait imaginé une histoire encore une fois maculée de morale et de crainte, comme la robe dans son sac. Ni bons ni mauvais, ni bonne ni mauvaise conscience, elle ne voulait pas en savoir plus, elle ne voulait pas que cette histoire devînt une histoire comme les autres, et elle, comme tout le monde, aux aguets, avec la perversité du vouloir-tout-savoir. Elle tendit de l'argent pour le repas, «vous avez une heure», et fit signe au chauffeur de stationner devant le magasin «City». Geneviève, la petite Claire dans ses bras, fut accueillie par son oncle, gêné, maladroit qui eut recours au ton de la blague, «alors, coquine, tu nous reviens». Il ne salua même pas Tinette, troublé qu'il était, ou bien ne l'avait-il pas reconnue. En province, on sait refuser le bonjour avec *l'air du ravi de la crèche*, expression que la mère Volard employait souvent à *La Cisaille* à propos des maris trompés. Des maris qui trompaient, on ne parlait surtout pas. Il y allait de leur droit. Au rayon layette, Tinette choisit la robe de baptême, «la plus jolie, s'il vous plaît, pas en synthétique». «Vous êtes la cousine Tinette!» «Trop tard. Nous n'avons pas de temps à perdre. Montrez-moi des brassières pour la petite, des chaussons, pas roses, blancs, des draps pour le berceau, une couverture, un oreiller, non, pas de broderies, tout blanc.» Elle se tourna vers Geneviève, «tout blanc n'est-ce pas ?» Tinette avait mis ses gants en pécari, coquetterie de très vieille dame pour cacher ses mains et, du bout du doigt, choisissait tant et trop. Geneviève se tenait légèrement à l'écart. Chaque fois qu'il le pouvait, son oncle levait la tête et l'observait avec de cette douceur apparente qui masque à peine la fureur que l'on veut contenir après une aussi longue absence. Il dit même à Tinette «vous la gâtez trop. Moi, si ma fille m'avait fait ça!» Tinette ne répondit pas. Au rayon des robes, Tinette, assise, garda la petite Claire dans ses bras. Elle tremblait un peu. Elle eût souhaité pouvoir être sûre de la pertinence de l'histoire de Geneviève, et dans quel état revenait-elle vraiment? Mais, aux regards échangés, l'essentiel avait été dit. Écartée et sereine, Geneviève était la même qu'à Paris au temps de ses examens, sans aucune rancune, pure et dure, une vraie Volard, si peu une Brabant comme sa sœur Véronique, pas de sentiment de cupidité et de revanche. Aussi Tinette jouissait-elle de l'excès de ces achats. L'oncle était parti, «il faut que je me prépare pour le baptême. Ce sera quand même la fête». Tinette avait pensé pourquoi *quand même*, puis s'était dit *tous les mêmes, et même moi, damier*, les noirs et les blancs, carrés noirs et carrés blancs, pions noirs et pions blancs, *bataille perdue*. Une vendeuse était venue remplacer l'oncle. Geneviève essayait robe après robe. «Les plus simples dans les plus beaux tissus», demanda Tinette. Un tailleur leur plut. «Madame Berthier, votre sœur, a acheté le même, la semaine dernière.» «N'en parlons plus», dit Tinette en souriant à Geneviève. Pour le baptême, elles choisirent une robe blanc cassé. Tinette dit «ouvre mon sac, dans la petite poche il y a une broche. C'est celle que je portais le jour où j'ai rencontré Alexandre. Il y a aussi ma lettre de Victor Hugo, *droit au but*, tu te la rappelles? C'est pour toi. Il faut que tu sois belle. C'est à toi, à toi de jouer. Et ce n'est même pas un jeu, c'est. C'est ainsi.» Petit moment d'émotion, elle avait baissé la tête, Geneviève avait cru qu'elle allait laisser tomber le bébé et avait voulu reprendre la petite Claire. «Non, je la garde. Ne quitte pas la robe. Tu n'auras pas le temps de te changer. La broche, tu la mets au milieu, sous le col. La lettre, dans la poche, elle te tiendra compagnie, touche-la main à plat si on te regarde de travers, et ne la froisse pas.» La vendeuse aussi regardait Geneviève avec un drôle d'air. «Pourquoi diable avoir changé le nom du magasin, Au Gaspillage? C'était vrai.» «C'est sur le conseil de monsieur Berthier. Il a été consulté par les patrons. Au Gaspillage, c'était vieillot. City c'est comme Paris, ça attire.» «Et ça veut dire quoi, City?» «Je ne sais pas, mademoiselle. C'est anglais.» Un petit bonheur à la vrille. Il y eut le choix d'un manteau qu'on était allé chercher à la réserve, un manteau bien chaud, «de l'hiver dernier mais indémodable, mademoiselle». À qui parlait-elle, à Geneviève, à Tinette? Elle était affolée. «City», elle aurait dû savoir. Tinette insista pour qu'on aille chercher des bonnets, des gants de laine, des cache-cols et des foulards assortis. «Je me dis toujours que c'est le dernier été. Et qu'après, après?» Geneviève se pencha et embrassa Tinette qui lança fièrement un «non, pas de chouchouteries, j'ai le droit de parler ainsi». Elle caressa le menton de la petite Claire, «la vie, à la naissance, dès le début, c'est le début de la fin. Moi, à force de temps, c'est le compte à rebours, c'est le début du début de la fin. Je radote? Tout va, sauf un peu la mémoire. J'enterre les médecins. Habille-toi pour l'hiver». Il y eut aussi des bottes, des chaussures, des trottins, de la lingerie, des bas, des collants, des chaussettes aux couleurs vives. Geneviève voulait un pantalon. La vendeuse prit un petit air pincé, «oh, pas chez nous, pas chez City». La caissière avait préparé la facture au fur et à mesure. «Monsieur Lestaing, avant de partir, nous a dit de vous faire une petite remise.» «Pas de remise», trancha

Tinette, «surtout pas. On paye *cash* chez City, je tiens à gaspiller.» La caissière recompta. Tinette demanda seulement une table et une chaise, de l'appui pour signer le chèque, son sac sur les genoux et la robe maculée au fond. «C'est trop», murmura Geneviève. «Ne parle pas comme ta mère, s'il te plaît», répondit Tinette, «rien n'est trop puisque tu es là. Regarde, mon écriture n'a pas changé, rien n'a changé. L'espoir de te revoir m'a tenue debout.» Geneviève se pencha, elle était pâle, elle souffla à l'oreille de Tinette, «il s'appelait Julien. Il était bon, tu sais». Tinette lui pinça les joues, «je ne veux rien savoir. Je n'ai rien entendu. On sort de la gueule du loup par la gorge du loup. Tu ne te le rappelles donc pas? Reste dans cette ville. Ne leur dis rien. Je ne sais rien. Tu vas grandir avec Claire et vous serez immenses. Allons. Madame Flavien t'attend». Elle se leva, tendit le chèque à la caissière. «Au revoir et merci», dit la vendeuse. «Adieu», glissa Tinette poliment en prenant le paquet contenant la robe de baptême, «et soyez aimable de dire au chauffeur de taxi de tout porter chez les Brabant et de nous rejoindre sans faute au Salon Flavien. Il trouvera.» Déjà Geneviève et la petite Claire étaient dehors. «En route nous commanderons des gâteaux et les dragées au Sceptre d'Or. Je ne fais pas confiance à ta sœur pour les mignardises. Comment est ton beau-frère? Je l'ai oublié, celui-là, ce mister City.» Geneviève serrait la petite Claire dans ses bras. Elle ne répondit pas. Elle s'arrêta et regarda le ciel. «Viens, ce n'est pas le moment de rêver.» Un peu plus tard, après la halte au Sceptre d'Or, «blanches les dragées, oui, blanches», madame Flavien prendra grand soin de Geneviève, serviettes, blouse pour ne pas salir la robe, shampooing le plus doux, «cheveux longs et lisses, sur les épaules, pas de mise en plis, rendez-nous la jeune fille», dira Tinette, «vous coupez un tout petit peu les pointes, vous faites le tour d'oreilles, la brosse, et ce sera parfait». «Quelle jolie petite!» lancera le père Flavien en passant du salon des hommes au salon des femmes, «qui sera le parrain?» «Pourquoi pas vous?» lancera Tinette, «allez vite vous préparer, vous êtes de la fête. Ouvrard sera content. Véronique boudera. Geneviève est ravie. Pas vrai, Ginou?» Elle sourit, donc elle écoute, elle partage, elle est ravie, mais, dans le miroir, elle se regarde, lointaine, distante, en fuite, toujours au-devant d'elle-même. «On ne voit plus madame Brabant», dira la mère Flavien en séchant les cheveux de Geneviève, «d'ailleurs on la voyait peu, pour elle c'était toujours très court. Madame Berthier ne vient plus depuis longtemps. Elle trouvait que je lui faisais mal les mèches. Bientôt la retraite. Plus de coups de ciseaux. Il faut fermer le magasin. De toutes les façons, nous n'attendons plus personne.» Monsieur Flavien ajouta «Evelyne peut venir à la cérémonie?» «Bien sûr», répondit Tinette. «C'est que nous ne sommes pas du même monde.» «Nous sommes de la même ville, Flavien. Je vis à Paris et j'ai mes racines ici.» Geneviève était fin prête. «Il ne faut pas les fâcher», murmura-t-elle à sa marraine. «Qu'ils se fâchent, nous ne réglons pas des comptes, ils ont des comptes à régler avec eux-mêmes, ils adorent ça. C'est toute leur vie.» Ils mirent la petite Claire dans sa robe de baptême. Le taxi attendait devant la porte. Rendez-vous fut pris une heure plus tard, à l'église, avec les Flavien. «Et pour les prières?» demandera monsieur Flavien. «Je te les soufflerai», répondit sa femme en donnant un dernier coup de brosse aux cheveux de Geneviève. «Non, pas de laque», ordonnera Tinette. Geneviève se laissait faire, à la fois présente, choyée, et absente, livrée à son récit d'un itinéraire incertain.

9.

Dans la voiture, Tinette lança «et le couffin! J'allais oublier. Allons chez Maillard». Là aussi, la boutique avait changé d'enseigne. C'était désormais «Bébé 2000». «Ce qu'il y a de plus beau, de plus doux, pas de rayures, pas de fleurettes, pas de bleu, pas de rose.» Geneviève l'interrompit, «du blanc s'il vous plaît». Tinette et elle échangèrent le premier regard complice de la journée. C'était devenu un jeu, un jeu fatal, rien d'heureux ni de malheureux, du joyeux à l'esquisse. Il y avait un couffin garni de blanc dans la vitrine, «c'est pour la décoration, mesdames, nous l'avons mis hier». «C'est celui-là qu'il nous faut. Vous nous ferez bien une remise pour la poussière.» Tinette riait sans trop montrer ses dents, un petit rire pouffé. Devant le couffin, en y couchant Claire, Geneviève eut un regard émerveillé et fulgurant. Elle était là, totalement là, brusquement. Tinette jubilait. On leur fit la remise. Dans le taxi, Tinette dira à Geneviève et au chauffeur «entre la bêtise et l'intelligence, le point commun c'est l'absence de limites». «C'est bien vrai», commentera le chauffeur. «Allons au Café de la Paix, c'est tout droit, sur la grand-place», ordonnera Tinette, puis, se tournant vers Geneviève, «il faut bien que je me refasse une beauté. Je ne suis pas le chef-d'œuvre en péril de la famille, ni le chef-d'œuvre ni en péril». Le couffin était entre elles deux, sur la banquette arrière. Claire dormait. Tinette prit la main de Geneviève, main froide, «n'aie pas peur, Ginou. Chez Véronique, si tu flanches, accroche-toi à mon bras, caresse ta broche, ou mets la main dans la poche et touche la lettre». Étrange vie, pensa-t-elle, faite d'aveux, de confidences, de répressions et de silences. Il lui semblait qu'elle avait vécu près d'un siècle pour ce jour-là, ce moment-là, même si elle doutait de Geneviève, de sa capacité d'affronter, elle qui avait fui si longtemps et peut-être aussi toute sa vie. Elle dit, en caressant le front de Claire endormie, «toi non plus, tu ne pleurais jamais. C'était inquiétant. Les parents devraient alors s'inquiéter, bébé regarde, bébé écoute déjà. J'ai des souvenirs de berceau. Et toi?» Geneviève répondit à petite voix, comme une lassitude, un bonheur du jour et une délivrance, «mon berceau est une grange. Je suis Claire. À l'hôpital, je rêvais que j'étais elle». Le taxi s'arrêta devant le Café de la Paix. Tinette dit au chauffeur «venez avec nous. Nous allons boire des voltaires, mi-chocolat mi-café, comme nulle part ailleurs, surtout pas à Paris». Il faisait un beau soleil d'après-midi. Il y avait dans le ciel quelques nuages à la dérive, le vent de la veille, en haut, soufflait encore et on pouvait les voir se déplacer à vue d'œil. Ils optèrent pour la terrasse, calèrent le couffin entre deux chaises et prirent place. Tinette commanda «trois voltaires et trois sabayons», et se leva, «je vous abandonne quelques minutes. Non, ne m'accompagnez pas. Je suis gaillarde comme jamais. À tout de suite». «Elle est drôle, votre marraine», dira le chauffeur à Geneviève. Silence, puis «je m'appelle Joseph, j'ai deux petits-fils, vous voulez voir leur photo?» Geneviève sourit gentiment.

Aux tables voisines on murmurait et le murmure des provinces, si on écoute bien, fait le fracas. Alors seulement, enfin, hélas? Geneviève eut l'impression de rentrer en elle-même. Elle était revenue. Elle s'était remise à penser. Elle rendit la photo au chauffeur, «ils sont beaux». À nouveau le silence, le frémissement de clients de la terrasse et les regards obliques de certains passants. Geneviève instinctivement caressa la broche. Le vent soufflait un peu sur la place. Elle frissonna. Ou bien était-ce le sentiment du retour? Elle se souvint d'un jour où son père, un peu après la guerre, l'avait emmenée, elle, elle seule, et pas Véronique, dans une maison basse du quartier nord, non loin des remparts. Il lui avait présenté une certaine Nicole et une petite fille Anna, un peu plus jeune qu'elle, elle seule, et pas Véronique. «Ne dis rien à la maison», lui avait dit son père en rentrant, «c'était plus fort que moi. Tu comprendras plus tard». Geneviève vient de comprendre. C'était donc ça, *la loi des gueux*, dont Tinette lui parlait quand elle allait à Paris et dont elle venait encore, à ce jour, de reprendre l'expression? Il y avait un biberon pour Claire dans le taxi, une thermos prêtée par Véronique. Le chauffeur proposa d'aller la chercher. Geneviève lui dit «ne me laissez pas seule, s'il vous plaît». Le serveur apporta les voltaires et les sabayons. Tinette revint, un peu poudrée et parfumée. «Le voltaire se boit brûlant», dit-elle et chacun y alla d'une gorgée prudente. Le chauffeur alla chercher le biberon. Tinette murmura «ton père est à l'intérieur. Il fume le cigare avec trois de tes oncles. Je ne sais plus qui est qui, j'ai seulement reconnu Lestaing, de City. Ils sont tous en habit du dimanche. Comme à *La Cisaille*. Ils ne m'ont pas remarquée. Ni à l'aller ni au retour. Il va falloir que tu apprennes à vivre avec. Ce n'est pas eux qui tiennent à l'écart, c'est toi qui les parques. Il te suffira d'un regard». «Je ne voulais pas revenir, marraine.» «Quand tu m'appelles marraine, je crois que je suis ta reine.» «Je veux tout te dire.» «Je ne veux rien savoir. Je ne sais que ce que j'imagine. Dès que j'arriverai à Paris, je t'écrirai. Tu me répondras?» «Oui, Tinette.» Elles souriaient comme deux gamines qui préparent un pied-de-nez ou vont sonner à une porte avant de repartir en courant, «c'est pas nous, c'est pas nous», quand le chauffeur revint avec le biberon à la main. «Il est juste à la bonne température. J'ai l'habitude avec mes petits.» Geneviève prit Claire dans ses bras. Tinette mit son foulard autour du cou de la petite, «il ne faut pas qu'elle salisse sa robe de baptême». Geneviève remuait les lèvres, aucun mot ne venait, elle priait? Elle se récitait des prières? Tinette fit semblant de ne rien voir, donna de l'argent au chauffeur pour l'hôtel et le repas du soir. Ils prirent rendez-vous pour le lendemain matin neuf heures, devant la maison de Sylvain et de Suzanne, «ils ne sont pas invités au baptême. Nous sommes une drôle de famille». «Mademoiselle, si je vous disais la mienne!» Tinette trancha, «c'est ça, des familles, une famille!» Ils attendirent la fin du biberon. Ils changèrent les couches de la petite sur la banquette arrière du taxi. Le groupe des hommes passa non loin d'eux, encore quelques bouffées de cigares, ils parlaient fort de Paris, du député, du sénateur, du maire, du conseil municipal et des alliances douteuses. Raymond avait des guêtres noires, des chaussures en lézard noir, un costume trois-pièces gris granite et une perle noire aussi à la cravate. Le groupe était passé sans les voir. Ils allaient vers l'église. «Dépêchons-nous», dira Tinette, «je veux que nous arrivions avant eux, il faut que je paie cette cruche d'Ouvrard pour qu'on sonne les cloches.» Ainsi, chacun reste en lui-même, tenancier d'immenses histoires, prisonnier ou captif de l'inénarrable, rêvant de se dire à son tour, de lever le voile sur sa propre vie. Joseph le chauffeur, en conduisant, se dit qu'il aurait beaucoup à raconter si on le lui demandait. Comment le faire tout seul, avec de l'encre et du papier? Son métier était de conduire, et conduire seulement. Sacrée mademoiselle Volard à qui il devait cette échappée belle et qui l'avait grassement payé d'avance, en liquide, des billets tout neufs, «à mon âge, on ne sait jamais!» Voici donc qu'il découvrait une province immuable que Paris et ses pantins croyaient gouverner, une province inévitable, inchangée, l'arbre foudroyé avait encore des racines et de la sève. Joseph le chauffeur pensa *venin*, le mot était trop fort. En revanche, il lui semblait juste de penser que Paris, dont il connaissait les rues, les boulevards, les impasses et même les quartiers perdus, les coins et recoins, les aubes et les crépuscules, des passagers toujours en quête de confidences, n'était qu'une illusion, une parade de plus, un pouvoir qui n'avait d'absolu que l'absurdité et la fascination. «Tu penses trop, mon Joseph», se dit-il. Lui aussi se tairait. Il aurait pourtant voulu pouvoir dire comment sa fille avait rencontré son gendre, pourquoi ils s'étaient séparés et dans quelles circonstances ils avaient abandonné, «confié», disaient-ils, leurs deux enfants aux grands-parents qui, du coup de théâtre, avaient repris leur vie commune à son point de départ. «Le théâtre des familles», pensa-t-il, «mais à chacun son histoire.» Tinette, de son côté, regardait les rues. Elle vivait de souvenirs. L'image d'Alexandre ne la quitterait donc jamais. Il n'était pourtant jamais venu dans cette ville dont elle lui avait tant et tant parlé que cela virait à l'obsession et que son aimé, pour un peu, serait devenu jaloux. Ainsi, intelligence ou bêtise, la fixe passion de sa vie n'avait pas de limites, et elle avait confié sa vie à un seul fait, celui-là même qui l'avait placée hors du clan. Plusieurs fois elle avait commencé son propre roman. Elle tenait au titre de *La Mirador* et à l'exergue extrait d'une lettre de Boccace à Pétrarque, *la plume est légère, les mots sont beaux.* Mais dès qu'elle s'était mise à écrire, à chaque fois, dès la première page, un sentiment de danger l'avait étreinte, l'évidence également de son impuissance à recréer ce qui était créé, noué en elle, une affaire entre elle et elle-même, et à chaque fois elle avait arrêté. Le souvenir était vif. Alexandre ne l'avait pas vraiment quittée. La mémoire lui servait de compagnie. Le charme rude et dru n'était pas rompu. Elle portait toujours l'enfant qu'ils auraient pu avoir et qui, par le scandale les avait désignés. La famille la tançait de se taire, il y avait clameur dans son silence, si peu de comptes à régler, encore moins rancune ou revanche, la seule volonté d'être ce qu'elle avait été, grâce à Alexandre, et de toujours devenir ce qu'elle était, de nature et d'exploit. Le taxi approchait de l'église. «Je pense à Alexandre», dira Tinette à Geneviève. «Je pense à Julien», répondra Geneviève. «Il...», elle ne terminera pas sa phrase. Tinette ne lui avait-elle pas conseillé de ne rien confier? Sylvain n'avait-il pas aussi respecté son silence? Elle venait de se revoir, allongée dans la grange, cambrée, à la fois douloureuse, heureuse et inquiète du sexe du bébé alors qu'elle souhaitait une fille. C'était si tôt le matin. Il y avait eu les premiers chants d'oiseaux, l'air embaumait, un parfum de bourgeons et de feuilles de jour. Julien l'avait assistée. Le bébé était sorti de son ventre. Puis plus rien. «Plus rien», dit-elle à voix haute. Le taxi venait de s'arrêter devant l'église. Tinette ne lui posa aucune question. Le père Ouvrard attendait devant le porche, flanqué de monsieur Flavien, cravate rouge vif, et de madame Flavien, robe à fleurettes roses et sac clinquant neuf, un grand jour pour eux, «nous avions peur d'être en retard». Le père Ouvrard prendra Tinette à part, «lui, le parrain? Je vous reconnais bien là». «Vous aurez beaucoup à faire pour aider Geneviève, mon père. Les Flavien feront quelque chose, pas vous.» Elle lui donnera de l'argent pour que «les cloches sonnent à toute volée». «Comme Flavien, vous allez me dire que ce ne sera pas du goût de madame Brabant. Ce choix vous plaît, Ouvrard, avouez.» Le père Ouvrard sourira en empochant l'argent, «vous n'avez pas changé». «À mon âge, on ne change plus, on meurt.» Les hommes arrivèrent. Raymond embrassa sa fille, admira le bébé et salua Tinette. Les retrouvailles avec les trois oncles furent plus brèves, bises fines, regards étonnés, superbes et malicieux. Flavien n'était-il pas là pour être le parrain, nouvelle farce de Tinette et cela, somme toute, n'ajoutait-il pas à la rigueur de convenance? L'oncle Lestaing faisait la moue pour le refus de la «petite remise». Tinette rayonnait. Geneviève semblait égarée, «comme à l'ordinaire», expliquera Raymond aux autres en tenant Tinette contre lui, maladroitement, geste si peu spontané, «lâchez-moi Raymond, je n'ai plus l'âge pour faire la tour de Pise». Ils rirent de bon cœur comme on rit en pareille situation pour cacher les petits riens de la vie. Le père Ouvrard se frottait les mains, de froid ou de peur? C'était à l'ombre de l'église, le soleil commençait à décliner, le ciel à nouveau se chargeait de nuages. Quelqu'un dit «pourvu qu'il n'y ait pas de l'orage». Sur le mot *orage*, Angeline survint, accompagnée de Véronique, de Martial et de la tante Céleste avec son éternel air d'aînée. À peine salueront-ils les Flavien. Devant le couffin, Véronique dira à sa mère «c'est trop». «Et les enfants?» demandera le père Ouvrard. «Ils sont à l'école!» répondra Véronique. Madame Lestaing et les deux autres tantes arriveront avec un «léger retard, pardon». Tinette demandera au chauffeur de taxi de rester. «Quel est votre prénom?» «Joseph», répondra Geneviève. Tous se rendront dans l'ombre plus sombre de l'église, vers le baptistère. Une tante dira à propos de Geneviève «mais elle parle». Tinette lui pincera le bras, «non, elle prie», puis «il ne faut pas la brusquer». «Tout de même, Tinette, nous ne sommes pas à ses ordres.» «Chut...» La cérémonie sera encore plus brève que les baisers de retrouvailles. Véronique ne regardera jamais le parrain Flavien. Prières mécaniques. Claire restera endormie. Véronique la tiendra dans ses bras en se tenant bien droite, souveraine, avec cet air implacable qui masque à peine la fureur de se trouver dans une situation que l'on réprouve. Il y avait cependant de la candeur, comme une splendeur, dans cette réunion. Céleste glissera à l'oreille de son avant-dernière sœur, l'épouse du notaire, «elle nous revient plus belle que jamais». Pas de réponse. Et à son avant-avant-dernière sœur, l'épouse du docteur, «elle a toujours ce visage enfantin de celles qui sont destinées à faire souffrir». Pas de réponse. Madame Flavien se tenait à l'écart avec le chauffeur de taxi. Angeline donnait le bras à Raymond. Martial, mobile, un brin exaspéré, tournait lentement autour du groupe. L'église était sombre, vide et froide. «Prions ensemble», disait le père Ouvrard en levant les bras. Seule Geneviève priait en silence, les mains jointes. Puis ce fut la fin du baptême. Il y eut, à la sacristie, la signature des registres. Les cloches sonnèrent et tous regardèrent Tinette, habituel regard de reproche. Seule Geneviève s'approchera d'elle et l'embrassera sur les joues, «merci». Elle prendra Claire dans ses bras et s'approchera de Flavien qui, plus rouge que sa cravate, se laissera faire la bise. «Merci» aussi, pour lui. Il y eut alors un faible rayon de soleil à travers le vitrail du fond de l'église, une lueur qui s'estompa, et tout de suite après le bruit de la pluie sur le toit de l'église, le lointain grondement d'un orage. Sous le porche de l'église, Martial prendra Angeline par le bras, «vous savez que Tinette est un drôle de nom. Il vient de *tina*, latin, vase pour le vin. Au dix-huitième il désignait un tonnelet dont le fond était plus large que le haut, servant au transport du beurre fondu, et, au dix-neuvième un baquet servant au transport des matières fécales et qui suppléait l'absence de fosse d'aisances». «Nous le savions», répondra Angeline sèchement. «Le dictionnaire cite même Aragon, *ceux qui vident les poubelles et ceux qui promènent dans la nuit nauséabonde les énormes tinettes.*» «Aragon? Le communiste? Ce n'est pas vraiment le moment.»

10.

Sitôt arrivée chez Véronique, Geneviève confiera
Claire dans son couffin à madame Flavien et ira
aux toilettes des invités. Là, elle relira la lettre,
H.H. «*8 février 1870, cher monsieur Heddeghem, vous
avez écrit là des pages charmantes. Il est bon d'avoir des
ennemis, mais il est bien bon aussi d'avoir des amis, les
amis prouvent la même chose que les ennemis, c'est
qu'on va au but. Je sens en vous lisant que vous me
comprenez. Être compris par une noble intelligence,
c'est une douceur. Je veux le bien, j'aime le beau, je
cherche le vrai; voilà mon âme et toute ma vie. Revenez
me voir. Vous me ferez bien plaisir. J'espère que vous
étiez à* Lucrèce Borgia. *Votre esquisse de Guernesey et
de ma masure est pleine de grâce, d'esprit et de cœur.
Merci et bravo. Victor Hugo.*» Elle plia précautionneusement la lettre et la remit dans la poche de sa
robe, papier doux au toucher, plié en deux, bleu
ciel avec une écriture à la plume mettant l'accent,
comme un appui, sur certains mots, *but, bien,
beau, vrai*, et il y avait l'enchaînement des verbes,
je *veux*, j'*aime*, je *cherche*, la mise au même rang des
amis et des ennemis. La lettre désormais lui ap-
partenait et la protégerait, fière lettre de l'exilé
de France aux premiers jours de 1870, terrible
année qui le délivrerait. Ainsi donc, par l'amour
de cet Alexandre dont elle avait entrevu la photo
tombée d'un missel et par l'amour sans fin que lui

porterait Tinette, le message lui parvenait, perpétué, égoïstement. Geneviève fit couler de l'eau froide dans le lavabo du vestiaire. Elle immergea ses mains, les posa à plat au fond du lavabo et prit appui dessus en scrutant son image dans le miroir: c'était elle, ça? cette robe blanche? cette broche? ces cheveux lisses d'un châtain si clair qu'on eût pu le croire blond? ces yeux verts que Julien, d'un geste de la main, étrange rituel, fermait le soir et rouvrait le matin? Il lui interdisait de le regarder pendant la nuit. Elle avait pris cela pour un jeu quand il s'agissait d'un acte, «la nuit, Dieu se fait chair. Tu dois être aveugle». Julien était ainsi. Julien? La tante Céleste entra dans le vestiaire, «on te cherche partout. Qu'est-ce qui ne va pas? Dis-moi tout». Geneviève immobile, les mains dans l'eau, les yeux dans ses yeux, ne bougeait pas. Pendant tout l'accouchement, elle avait aussi gardé les yeux fermés. Et parce que n'entendant plus Julien près d'elle, le bébé criait, elle avait ouvert les yeux, sans le geste rituel du compagnon de route, s'était déplacée pour la voir, là, elle, une fille, le péché donc, abandonné entre ses jambes, et lui le père de toutes les nuits, disparu, évanouissement. Et là, maintenant, debout, chez Véronique, qu'elle avait rendue un temps à son rêve de fille unique et qui, à nouveau, ne l'était plus, Geneviève mesurait à quel point plus on croit fuir plus on étreint, plus on croit s'échapper plus on se lie. «À moi, tu peux tout dire», murmura la tante Céleste. «À quoi bon?» répondra Geneviève d'une voix presque enchantée. Il fallait bien rassurer Céleste, rassurer tout le monde, servir leur prestance, les certitudes de leurs vies respectives, faire semblant de suivre la droite ligne. Geneviève retira ses mains de l'eau et les essuya à la serviette des invités. Puis elle remit en place la broche. Un mot de plus et Céleste eût pu la houspiller comme à l'ordinaire. «Tu es une fille perdue, ma pauvre Ginou.» «Je ne serai jamais assez pauvre, ma tante», répondra Geneviève sans éclat, en quittant le vestiaire. Et ce sera la fête. «Elle n'est pas si malade que ça, elle a le sens de la répartie», confiera Céleste à Angeline qui haussera les épaules. «Elle m'a pourtant parlé», ajoutera Céleste. «De quoi?» «De pauvreté.» «Tu mens.» Les conversations, ainsi, seront aimables, tâtillonnes, vaguement ironiques, un régal finalement pour tous. L'oncle notaire dira même à l'oncle docteur «c'est comme les cinq premières minutes à la télévision, on voudrait tout de suite connaître la fin. Il se passe toujours ce que l'on n'attend pas. Ou ce que l'on attend trop. C'est ça, l'intérêt». L'oncle docteur acquiesça. Les petits fours du Sceptre d'Or circulaient, ainsi que les dragées et les assiettes d'amuse-gueule que Véronique avait chichement préparés. Madame Flavien avait un appareil photo à flashes dans son sac. «C'est mon cadeau de Nouvel An», dira monsieur Flavien, «un cadeau sur le tard, nous aurions dû nous photographier quand nous étions jeunes et beaux.» Mais personne n'appréciait son humour. Il y eut une séance de poses. Véronique et Claire dans ses bras, le parrain triomphant, Ouvrard hilare, Tinette rayonnante, puis Véronique, le bébé et Geneviève, puis Geneviève, Flavien, Tinette et Ouvrard, et ainsi de suite. Martial dira à Raymond «ils auraient pu faire ça dehors, c'est tout de même notre maison». Raymond répondra «il faudrait appeler Sylvain et Suzanne, leur dire de venir. Il n'est pas trop tard». «Eux, ici ? Jamais. Ce fou?» «Il fait pourtant plus ou moins le même métier que vous.» Les enfants rentrèrent de l'école. Ce fut l'adoration de Claire, l'assaut des petits fours, une gaîté brusquement. Véronique, au hasard, leur disait «je vous interdis les gâteaux» ou «allez faire vos devoirs avant le dîner». Le plus jeune d'entre eux ira tirer sur le pan de la robe de Geneviève, «et qui es-tu, toi?» Tinette répondra «c'est la sœur de ta maman et la maman de Claire, le bébé». Silence. Terribles regards convergeants sur l'enfant d'une disparition de tant d'années. Tinette lui donnera plusieurs cornets de dragées. «C'est trop, Tinette», lança Martial. «Je n'ai pas de malin plaisir à faire ce que je fais, mon petit cousin.» Elle leva son verre d'orangeade, «j'ai oublié le champagne, eût-ce été encore plus que trop?» Geneviève s'écarta de Tinette, s'approcha de la vérandah qui donnait sur un jardin , tournant le dos à tout le monde, les mains bien à plat dans les poches latérales de sa robe. «Moi», assura Martial, «je vais la faire parler, Geneviève!» Véronique fit sortir les enfants. Angeline se pencha pour caresser le front de Claire dans le couffin. Raymond remit en place la perle de sa cravate. Flavien recula d'un pas. Son épouse n'osait plus manger le petit four qu'elle tenait à la main. Les autres avaient des allures conniventes. Les enfants, au premier étage, riaient et criaient. «Geneviève? Je vous parle! Ce n'est pas une comédie, il suffit, parlez!» Tinette s'interposa, «le malin plaisir, c'est vous tous. Geneviève, reviens avec nous. Laisse-les à leurs histoires respectives, plus ou moins respectables et garde la tienne», puis «tu vaux bien plus que tout l'or du monde». Tinette ajoutera «et ça? c'est trop? Est-ce trop parler?» «Vous partez quand, Tinette?» demandera Martial. «Demain, mon petit cousin.» Ils avaient tous oublié que Geneviève écoutait. C'était un jour de semaine. Les semaines en province sont comme des siècles et elles passent comme des secondes. Dehors, un nouvel orage éclata qui les parquait ensemble. La pluie redoubla. Quelqu'un dit «la Jabeuse va déborder». Flavien tenta de remettre de l'ambiance avec un «de l'eau, point trop n'en faut». Angeline mangea le dernier petit four. Les assiettes d'amuse-gueule étaient restées pleines. Le père Ouvrard parla de la réfection de la toiture de l'église et de la restauration de l'orgue. «Je ne vois pas ce qu'un *facteur* vient faire là-dedans», dira Céleste. Son beau-frère, le notaire, le lui expliquera. L'oncle Lestaing prendra Martial à part dans le petit salon, pour parler «gestion de stock». Il ne fallait surtout pas s'asseoir dans le canapé de cuir, «c'est si fragile», «une folie», répétera Angeline, comme à chaque visite chez sa fille. Qui donc parlera d'avoir «à prouver sa parfaite bonne foi sans avoir à patauger dans le marigot», et d'où venait l'expression? De *La Cisaille* ? Qui donc se sentait coupable, comment, et de quoi exactement? La mort de Nicole et le retour de Geneviève, ça faisait beaucoup pour une ville et une Angeline, en quelques semaines. Chacun le pensait. Personne ne le disait. Un pas en avant, un pas en arrière: la loi du clan était à l'immuable et à l'immobile. Les enfants redescendirent, les devoirs étaient «faits», l'heure du dîner approchait. Chacun voulait partir, tout le monde restait à cause de la pluie. Fait extraordinaire, on vit Martial s'asseoir avec Tinette, le bord du fessier sur le canapé de cuir et lui faire vaguement des excuses. Tinette lui dira «c'est quoi votre marketing, l'école de la perversité?» Elle attaquait encore. Ce n'était qu'un jeu sans incidence, la bonne conscience des Volard était forgée depuis si longtemps et son rôle, comme s'il s'était agi d'une distribution, était inutile. Elle le savait.

Elle dira aussi à Martial «doutez un peu, que diable, oui le diable et le doute». On verra Geneviève prendre la main de sa mère, comme une petite fille, pour lui demander la paix, et Angeline reprendre sa main parce qu'on les observait toutes deux réunies. Il y avait du paisible et du tumulte dans cette fête. Véronique interdira à ses enfants de «toucher» le bébé. Raymond parlera du printemps aux Flavien. Le père Ouvrard ira de l'inspecteur des impôts au notaire, du notaire au docteur, du docteur à Lestaing, saluera les dames et prendra congé le premier, «je rentre sous la pluie». Après son départ, Lestaing dira «faut bien qu'il s'habitue avec son problème de toit». Cela n'amusera personne. Y compris Flavien. «Vous n'allez tout de même pas le défendre, vous?» Tinette se lèvera, «il est temps de nous séparer. Sylvain et Suzanne m'attendent, c'est l'anniversaire de leur aîné». La pluie ruisselait sur la vérandah. Chacun pensait à sa propre vie. C'était une étape comme une autre, une célébration de plus pour se connaître un petit peu moins. Régnait de la tendresse, par omission. Chacun se taisait et se terrait. Même Geneviève avec son mystère, même Tinette avec ses élans, et même Claire, déjà, parée, endormie dans son couffin. Il y allait de l'histoire de chacun et de la vie de tous: un puzzle qui aurait figuré la grisaille du silence quand il clame ni ne tance, avec parfois des lueurs demanderesses, quelques faibles lueurs. Pour chacun, la ville, sous la pluie, n'était-elle pas en train de se laver de ses poussières, grossissant les eaux déjà boueuses de la Jabeuse, afin de se refaire la beauté du matin, l'éclat des heures claires? Les enfants des autres, les petits-enfants, tout le clan Volard, où était-il? «Ce n'était pas possible », dira Véronique à Tinette, «nous nous serions retrouvés près de cent. Et puis tout va trop vite dans cette histoire. Tout de même!» «Sois aimable avec ta sœur, tu as vu dans quel état elle est !» «Si au moins nous savions pourquoi!» «Le pourquoi en toutes choses nous perdra un jour ou l'autre. Aime-la sans vouloir savoir. L'affection n'interroge pas.» «Je ne l'aime pas.» «Alors laisse-la tranquille.» Ce sera les adieux. Ils quitteront la riche maison du beau quartier de la ville. Tinette embrassera chacune de ses cousines et leurs époux, ses alliés. Il y aura des «à bientôt», des «reviens nous voir plus souvent» et même un «nous t'aimons quand même, tu le sais». Tinette ne prêtait plus attention à ce qu'ils disaient. Déjà, elle était de retour, elle avait fait son devoir. Geneviève à son tour saluera l'assemblée, bises froides, et aucune promesse de se revoir. La main sur la broche, elle prendra le couffin. Le taxi les attendait. Martial raccompagnerait Angeline et Raymond, «nous vous suivons». Au moment de franchir les remparts, Tinette prendra la main de Geneviève au-dessus du couffin, «je n'aime pas les histoires, j'aime ce qu'il y a autour, je ménage, je suis une femme de ménage. Tu seras libre si tu le veux». Elle lui serrera la main, «et tu le peux». Elle lui lâchera la main, «je dis des bêtises. Nos adieux seront brefs». Elle ouvrira son sac, fouillera dedans, au fond la robe maculée, et en tirera une épaisse enveloppe, «tiens, c'est pour toi. Tu peux tout leur devoir, sauf de l'argent. Si tu es en manque, écris-moi». Les immeubles de banlieue, la pharmacie, le gravier du jardin, le perron, «tu m'écriras?» «Merci, Tinette.» Elles s'embrasseront. Tinette se penchera pour poser un baiser sur le front de Claire. La voiture de Martial s'arrêtera derrière, lueur des phares, puis plus rien. Geneviève sortira du taxi avec le couffin et embrassera le chauffeur, ce qui fera sourire Tinette, un sourire de plaisir. Vitre baissée, Tinette saluera Angeline, Raymond, Martial et fera signe au chauffeur de partir.

11.

Procès-verbal: «Ci-devant Bouillard, Joseph, Léon, Marcel, demeurant 7, rue des Bons-Enfants, 94110 Saint-Ouen, déclare à ce jour, ce qui suit: la demoiselle Volard, Ginette, Adeline, Mélanie, vu son âge avancé, avait pris coutume, depuis bientôt une quinzaine d'années, d'avoir recours à mes services dans Paris, lors de ses déplacements dans des gares, des musées ou pour des causeries. Elle me prévenait toujours la veille et me payait au compteur, même si parfois je devais attendre des heures. Le mercredi 11 mars, soit mercredi dernier, avant-hier, elle m'appelle pour me demander de l'accompagner en province pour deux jours, départ le lendemain matin à six heures. Elle me précisa que c'était «urgent», «très important pour elle» et qu'elle prenait «toute la responsabilité du déplacement». Le lendemain jeudi 12, hier donc, à l'heure dite, nous avons pris la route. Elle a tenu à me payer le forfait des deux jours, avant le départ, et m'a remis une autre enveloppe avec un petit mot, disait-elle, «vous dégageant de toute responsabilité en cas d'incident». Pendant le parcours de l'aller, elle me fit la confidence du retour à la maison de sa filleule, une certaine Geneviève, après des années d'absence. Puis elle regarda le paysage, sans jamais s'assoupir, avec un bonheur qui me rassurait, me faisait du bon.

Elle logea chez les petits-cousins qui, disait-elle, l'avaient «prévenue». Un certain docteur Lherbier. Pendant la journée de jeudi, nous fîmes de nombreuses courses, avec sa filleule, pour son bébé. En fin d'après-midi, il y eut un baptême, une réunion de famille, et le soir j'ai laissé mademoiselle Volard chez le docteur Lherbier avec ordre de revenir la *cueillir* le lendemain matin à huit heures précises. Elle m'a bien dit *cueillir*. J'aimais beaucoup son parler. Son tact. Sa patience. Ce matin vendredi 13 mars, avant de quitter la ville, elle m'a demandé de l'accompagner au cimetière. Elle voulait, disait-elle, «saluer les siens». Après, nous sommes revenus à la boutique Bébé 2000 où elle a commandé une poussette, un beau modèle anglais, avec ordre de la livrer «au plus tôt» chez madame Brabant. Ensuite, nous avons pris la route. En franchissant le pont qui enjambe la Jabeuse, elle m'a demandé de m'arrêter, elle est sortie du taxi, a ouvert son sac, en a extrait une boule de chiffon qu'elle a jetée dans le fleuve. C'était étrange. Je n'ai rien dit. J'en ai vu d'autres. Cette ville aussi était étrange. Quand mademoiselle Volard est revenue dans le taxi, elle a murmuré «maintenant, tout est fait, allons-y». Après, elle n'a plus rien dit. Elle regardait le paysage, de l'autre côté. C'est monotone, l'autoroute. Elle pensait sans doute à autre chose. Quand nous nous étions arrêtés au cimetière, elle m'avait demandé de l'accompagner et de lui donner le bras. Nous avions simplement marché, dans les allées. Elle me demandait de lui lire les noms, sur les tombes. Je crois qu'elle avait les larmes aux yeux. Plusieurs fois elle s'est arrêtée, elle disait «le ciel est éclatant» ou «quelle belle journée» et, comme nous tardions, «je ne sais plus où ils sont. Rentrons». Je tiens à ces détails. Je me sens un peu coupable. Je l'aimais bien, mademoiselle Volard. J'ai beaucoup appris, avec elle, en peu de mots, le temps de nos transports. Elle envoyait toujours un cadeau pour l'anniversaire de mes petits-fils. Ma femme, qui ne l'a jamais rencontrée, pourrait vous dire tant et tant, elle était presque devenue de la famille. Quand nous avons été obligés de reprendre les enfants, ça nous a aidés, elle nous a aidés. Vous comprenez? Faut que je continue? Faut pas que je raconte tout ça? Elle avait de l'humour, non, *elle avait de l'amour*, je tiens l'expression d'elle. Les faits? Chaque fois qu'elle appelait pour un déplacement et que ma femme prenait le message, ma femme était heureuse car, d'une manière ou d'une autre, il y aurait du nouveau dans notre vie, des conseils et de quoi se parler. Les faits? J'y viens. J'y suis. Je suis en train de vous dire pourquoi, sur le chemin du retour, j'étais à la fois inquiet et rassuré: nous revenions. Tout s'était bien passé. Quand je me suis arrêté pour faire le plein, elle n'est pas descendue de voiture. Quand je suis remonté, elle m'a dit: «dépêchons-nous, vos petits vous attendent. Il faut que vous arriviez pour la sortie de l'école». Aux péages, elle baissait un peu la vitre et respirait, calmement. Je n'osais plus rien lui dire. Ç'avait été rude pour elle, la veille. Elle m'avait confié en arrivant chez le docteur Lherbier, la nuit venait de tomber d'un coup, «bref, ils sont tous là, rien n'a changé». J'étais à Dresde fin février 1945. J'avais vingt ans. Engagé volontaire. Le sale boulot. Je faisais partie du cordon sanitaire. Personne n'avait le droit d'entrer ou de sortir. Il y avait dans la ville anéantie des milliers et des milliers de morts, des milliers de mourants, tapez tout, je vous l'ordonne, je fais mon métier, vous faites le vôtre. On n'explique rien sans rien.

Ce matin, vendredi 13, comme par hasard, en quittant cette ville, j'ai eu l'impression de m'échapper de Dresde. Je sais que j'écrirai à Geneviève Brabant et que la petite Claire aura des cadeaux venus d'ailleurs. Un peu après Chartres, je surveillais dans le rétroviseur, mademoiselle Volard s'était assoupie, la nuque bien droite, calée dans le coin de la plage arrière de la voiture. Elle avait un beau sourire. Il y avait du recueillement dans son expression, je me suis même dit que j'étais un bon chauffeur et que je conduisais sans heurts, la preuve: elle dormait. Nous sommes arrivés en début d'après-midi. Je me suis arrêté non loin de chez elle. J'ai fait le tour de la voiture. J'ai ouvert la portière. Elle dormait encore. Elle était morte. Fait à Paris le vendredi 13 mars à 18h30, je soussigné Bouillard, Joseph, Léon, Marcel certifie que...»

12.

Lettre de mademoiselle Ginette Volard remise à monsieur Joseph Bouillard, dossier 7137 NZ 28, suite 188, complément d'informations. «Tard dans la nuit du 11 au 12 mars. Cher monsieur Bouillard, cher Joseph. Ainsi, demain, nous ferons le grand voyage de retrouvailles dont je vous dirai, en route, l'importance. Je n'ai pas peur de l'aller et je crains le retour. Aussi, par la présente lettre, je souhaite vous dégager de toute responsabilité au cas où, comblée après tant d'années d'attente, lassée de revoir les miens tels qu'ils ont été et tels qu'ils se reproduiront, usée à force de leur donner l'alerte sans jamais aller jusqu'au point de rupture, je flancherais avant de revoir Paris. Il y a de la logique dans ma frayeur de cette nuit, à vous écrire: j'ai fait mon temps. J'ai même, grâce à ma filleule, comme on dit dans vos journaux de sport, «joué les prolongations». Je ne suis pas sûre que Geneviève en vaille la peine. Je ne sais et ne saurai rien de son itinéraire de tant d'années, ni quel état sera le sien. Mais je lui dois ma présence, ne serait-ce que par gratitude et respect de sa fuite. Ma vie n'aura pas servi à grand-chose. Ma vie s'est arrêtée à une histoire, et un être d'un côté; à une famille, et une filleule de l'autre. Il y eut beaucoup de dignité, jusques au bout, jusqu'à demain, et demain, à mon âge et de par mon origine et fortune, c'est déjà le passé, à souligner à quel point le sentimental peut être répressif, et la sincérité de chacun servir la bonne conscience à tous. C'est un sujet qu'il ne faut pas aborder. Or, je suis encore à l'abordage. Alexandre, mon unique, par cette balle ennemie en plein front et par la perte de cet enfant que j'attendais de nous, m'a laissée dans le vrai, là où il n'y a plus de courage à affronter, on n'a pas le choix, on affronte. J'avais appris, par lui, comme une étreinte et pourquoi comme, c'était l'étreinte, à me méfier de l'usage pervers que l'on peut faire du sentimentalisme afin de devenir la *jeune veuve* de la fable. J'ai du sentiment pour lui, toujours. Un sentiment brutal, intact. Je me suis toujours gardée de le livrer, de m'en défaire, de succomber à la tentation, d'écrire le texte de ma vie, sachant qu'il ne me délivrerait pas. Depuis des décennies, je porte mon aimé sur mes épaules, je le ramène des tranchées, j'attends de lui un enfant que je vais perdre, c'est ainsi. Voici donc la demoiselle que vous emmeniez ci et là dans Paris. La famille, elle, fait des comptes. Elle accuse de vouloir en régler quand c'est elle qui les fait. Le fardeau de leurs accusations était en trop. Ils ont souvent dit de moi qu'on ne pouvait pas me *parler*. Diable, c'est qu'ils ne savent plus ou n'ont jamais su *se parler*. L'argent des terres de France, c'est bien plus d'or que dans le monde entier. Alors ils se taisent, ils taisent leurs fortunes comme leurs infortunes, ils vous traitent d'écorchée vive quand ils sont les écorchés vifs de leur force silencieuse, ils vous désignent à seule fin de ne pas s'interroger. Ils sont dangereux quand ils déclarent «il n'a plus le contrôle de lui-même» ou «elle n'a plus sa tête à elle». J'ai gardé «ma tête à moi». La paléontologie, subtile et féconde science des êtres vivants ayant existé sur la terre avant la période historique, m'a été d'un grand secours. Je me réfugiais dans l'enseignement et le mystère des fossiles, je me suis passionnée pour les invertébrés, j'ai choisi le carbonifère pour sujet de recherches et lieu spirituel de repli. Là, personne ne m'interdisait le transport perpétuel d'Alexandre, une perpétuité qui me donne encore la force d'écrire dans la nuit et de veiller à la ponctuation. C'est ma petite histoire trop vite racontée. Dès que les humains se sont reconnus et ont abandonné le troc pour des monnaies sonnantes et frénétiques, ce fut le début de la fin, de cette fin que nous vivons et que je ne verrai pas. Avec l'argent est née la morale. Il fallait bien se donner des raisons d'être riche et d'autres pauvre, d'être conforme et d'autres difforme. Je cite La Bruyère, *c'est une grande difformité dans la nature qu'un vieillard amoureux,* d'être bon et d'autres pas. Cette lettre vous est adressée. Les savants pourront lire et se moquer du résumé, tout comme vous serez libre de ne pas me comprendre. C'est la loi du retour. La mort ne se commande pas mais je l'éviterai. Dans votre rétroviseur, comme lorsque nous nous parlons et que vous me regardez, vous ne la verrez pas s'asseoir à ma place. Ce sera vraiment la fin d'Alexandre, de l'enfant et de moi, quel soulagement. Pour le pratique, les dispositions testamentaires prises chez maître Rimbaud & Lucepré 109bis rue du Faubourg-Saint-Honoré dans le huitième arrondissement sont plus valables que jamais puisque Geneviève vient de réapparaître. La clause concernant sa disparition prouvée, éventuelle et définitive, n'a plus cours. Cet héritage imposera donc le respect autour d'elle dans la tribu des miens qui est aussi des siens et où prime l'argent. Monsieur Bouillard, cher Joseph, vous êtes témoin de moralité. Si malheur il m'arrive, et ce sera le dernier heurt de ma vie, ni bon ni mauvais, une délivrance, emmenez-moi vite à la morgue, prévenez les notaires, ils ont toutes les instructions. Je ne veux ni prières, ni cérémonies, ni fleurs, rien. Qu'on me réduise en cendres et qu'on jette mes cendres dans le premier bac venu. C'est ainsi que je conçois l'éternité et la peine, de manière ordinaire, quotidienne, du balayage. La famille ne sera prévenue qu'après. Je ne souhaite pas me retrouver là-bas. Même si j'y ai vécu des jours insouciants sous un ciel qui a le temps pour lui, lui. Et pas nous, surtout pas nous. Si votre dame y va de sa larme, dites-lui que c'est bien inutile et qu'elle garde ses sourires pour les petits qui vous ont été confiés. Pour eux aussi j'ai fait le nécessaire, et il me gêne de vous le dire car j'ai l'impression de vous acheter. Je souhaite enfin que Geneviève ne vienne jamais à Paris. Les notaires régleront ses affaires comme ils ont réglé les miennes. Qu'elle achète une maison ou, mieux, qu'elle la fasse bâtir. Il y a toujours des ombres dans les murs anciens. Pour ce qui est de chez moi, je souhaite la vente publique la plus banale: un lot de vaisselle; un lot de livres; un lot d'objets de vitrine; un lot de linge; un piano Érard; un salon style Louis XVI; trois chaises; un bureau, ce bureau sur lequel j'écris maintenant. Les marchands y trouveront leur grain. N'allez surtout pas voir le spectacle. Laissez-les à leurs adjudications, les souvenirs ne s'achètent pas. J'emporte avec moi le seul cadeau réel que je puisse faire à Geneviève, un petit bout de papier superbement griffonné par un poète qui n'est même plus du goût de tous, mais qui, quoi de plus humain et de plus partagé? a connu l'exil. Je veux m'attarder à cette lettre. Qu'elle me conduise à l'aube quand vous viendrez sonner à ma porte. Si je m'allonge, je ne dormirai pas et continuerai à l'écrire dans ma tête. Car c'est décidé: sur le chemin du retour, je ferai place nette. Je n'ai même pas eu le droit à ma propre vie. Alors, je l'ai pris. Et je le rends. Comme les civilisations, je suis mortelle. Qui veut entendre un pareil discours? Il y a du sentiment ici, de l'encre, des pleins et des déliés, j'écris lentement, sans solennité, avec un plaisir qui me fut interdit de naissance, une jouissance qui me rappelle de belles heures, arrêt, point d'orgue. Un jour, si vous le jugez nécessaire, faites parvenir cette lettre à ma filleule. Tout être humain en vaut la peine, la peine amoureuse, disait mon aimé, pas de réduction de peine, pas de circonstances atténuantes, écrivait mon Alexandre, rien n'atténue jamais *vraiment*, notait-il dans sa dernière lettre. Où avait-il lu ça? Était-ce de sa plume et de son cœur? Si le sentimentalisme guette, écœure ici, c'est que vous, comme chacune et chacun, avez le cœur arraché. J'ai vécu ce siècle inespérément. Le désespoir eût pu devenir une dynamique. L'espoir ne fut affiché à chaque fois que comme un mensonge. L'espérance n'est plus que peu. Je garde l'inespérance, nantie que je suis, captive, durement consciente. Voici que le jour se lève. Ma valise est prête. Ce matin, j'aurai droit à un vrai café. Tinette sait qu'elle n'a été que le ramasse-merde de sa famille. Tinette sait qu'elle a beaucoup appris, toute sa vie, et qu'elle a vécu en travaillant et en instruisant, le temps d'avant son temps. Tinette, c'est mon petit nom, le diminutif de Ginette. Regardez dans le dictionnaire et vous verrez que je l'ai bien porté. J'entends le bruit du moteur de votre voiture. Je le reconnais, ce bruit. Il m'est familier. Vite, encore un détail: je suis née à la vie à l'âge de quatre ans.

Ma mère préparait un entremets dit *Franco-Russe* dont j'aimais le goût légèrement vanillé. Mon repas s'arrêtait là. Je gardais une dernière cuillerée dans la bouche et j'avais encore quelques minutes pour en profiter. Quelques minutes seulement, une éternité. C'est toujours ainsi que tout s'inaugure et s'achève en même temps. J'entends le claquement de la porte d'entrée de l'immeuble. J'ai encore le temps de vous saluer, vous et votre dame, et de vous remercier. De tout cœur. G. Volard.»

13.

Geneviève à la fenêtre. C'est l'été. La petite dort.
On écrit sur ce que les autres effacent. Des pensées, ainsi, effleurent son esprit. Elle ne quitte la
chambre que pour les repas et les promenades
avec Claire dans la poussette rutilante. Elle va
loin parfois, au cœur de la ville, et tout autour.
On lui doit désormais le respect. On la salue
gentiment, à distance, et cela convient au goût et
à la pratique qu'elle a du silence. Angeline et
Raymond n'insistent plus. Elle tait son histoire,
elle y tient et s'y tient. Elle a reçu un courrier de
Joseph Bouillard et l'ultime lettre de Tinette. Les
notaires l'ont contactée. La succession est en voie
de règlement. Geneviève n'ira pas à Paris. Geneviève à la fenêtre réfléchit. Et si elle n'en valait
pas la peine? Qui est mieux que l'autre? Julien ne
lui répétait-il pas «deviens ce que tu es»? Il avait
l'air un peu fou, Julien, il avait une fougue et de
la poigne. C'est ce qui l'avait frappée lorsqu'ils
s'étaient rencontrés au bord de la Jabeuse, en
amont du pont, loin et déjà dans la campagne, un
jour où, ne sachant plus qui croire, qui aimer et
quoi décider de sa vie, Geneviève avait choisi
d'aller voir de près *La Cisaille*. Elle était donc une
Volard comme les autres, fascinée et respectueuse
d'un passé non révolu. Sur le chemin, Julien
l'avait ravie. Il ne payait pas de mine. Il était
même assez rustre d'apparence, corpulent, comme

on dit pour être poli. De prime abord, il lui avait plu car son regard étonnamment clair et vif, presque illuminé ou innocent, comment savoir? ne demandait que des paroles échangées et nulle convoitise. Geneviève, dans l'instant, lui avait fait pleinement confiance. C'était enfin quelqu'un à qui parler un peu, quand la ville, à l'horizon, dans ses remparts, juchée sur un mamelon que contournait la Jabeuse, coiffée par le clocher de son église, semblait employée au seul exploit de ses secrets, de ses ragots, de ses silences, de ses salutations distinguées ou de ses refus de donner le bonjour. À quoi lui serviraient ses études? N'était-elle pas, elle, Geneviève, et elle avait du mal à se désigner, à cette marge d'âge où l'on se laisse ravir, où l'on décide de se construire une autre vie? Geneviève à la fenêtre, c'est l'été, la petite gazouille, il va falloir la sortir et ne pas oublier les courses pour Angeline, se dit que dès le début, tout de suite même, Julien ne lui avait proposé que la fuite quand, sur le chemin de *La Cisaille*, elle était en quête de racines. Tout cela était trop vrai pour être beau. Même la lettre de Tinette avait encore des accents coupables, comme si le seul sentiment, le sentiment qui capte, le sentiment qui fait qu'on ne s'interroge pas mais qu'on persiste, était l'objet suspect parce que mettant en branle le fragile équilibre des idées reçues, héritage des familles, bouée de sauvetage. Geneviève se dit qu'elle n'en valait peut-être pas la peine et que, pour ce doute, ce peut-être, Tinette eût pu l'aimer plus encore et être fière d'elle. Elle regrettait un peu, *un peu* comme un *peut-être*, de ne pas avoir été plus joyeuse en faisant les courses, le jour du baptême, et de ne pas s'être narrée. Mais Tinette ne l'avait-elle pas tenue au secret de sa fuite, comme elle avait préservé le mystère de son attachement pour cet Alexandre, photo tombée d'un missel un jour de messe, lettre inédite d'un poète offerte, flambeau tendu à la course au relais? Geneviève à la fenêtre, fenêtre fermée, dehors il fait beau, observe le cube de la pharmacie, les troènes qui l'entourent, la masse des immeubles nouveaux et le frémissement des peupliers au vent venu de l'Atlantique, arbres en rangs trop sages, artifice de banlieue alors que la campagne est si proche. Angeline avait dit à sa fille «tout de même, c'est grâce à moi que Tinette est devenue ta marraine». Raymond s'était tu, comme à l'ordinaire, employé à la double trajectoire de sa vie, autre vie brisée, au regard silencieux il avait ajouté que c'était bien chez la même Tinette que tout s'était joué entre Angeline et lui, un jeu sans fin de partie, les pions avançant si lentement qu'on eût pu désespérer du ciel impassible, témoin de la vie et de la ville, ce ciel qui a le temps, lui. Geneviève au miroir s'est approchée de la petite Claire qui attend son biberon. Geneviève a un fin duvet au-dessus de la lèvre supérieure. Jamais la couleur noisette de ses yeux ne lui avait paru si vive. Et si elle prenait soin, un peu, désormais, de son visage? Julien le lui interdisait. Sous la gangue, le vrai visage? C'est décidé, sitôt changé la petite, elle irait chez les Flavien, et se ferait faire *les soins du visage*. Geneviève au miroir, la chambre est sombre, le papier mural défraîchi, l'a-t-on jamais changé? se demande à qui elle ressemble le plus, Céleste, Angeline, les autres tantes, ou à la mère Volard sur les photos de *La Cisaille* quand on posait devant la façade côté jardin, était-ce donc la fête? Geneviève porte tous les masques et de chacune un peu se plaît à admettre l'évidence: elle est de ces traits, de cette lignée, de cette trempe. Pour la maison qu'elle va se faire construire, elle a choisi un terrain non loin de *La Cisaille*, en bordure de la Jabeuse, presque là où elle a rencontré Julien. Elle sera la seule à le savoir. Il lui faudra une voiture. Elle va passer son permis de conduire. La petite Claire se met à pleurer. Geneviève descend préparer le biberon. Angeline s'est assoupie dans son fauteuil, au salon. Raymond est sorti. Le sol est terriblement de marbre. Dans sa maison, Geneviève sait qu'il y aura du parquet et des tapis. «Quand on veut du courage, il faut de la rigueur», disait Julien. Geneviève était alors étonnée. L'ami lui montrait une direction. Aujourd'hui, si elle pense à cette phrase, elle n'y trouve plus aucun émerveillement. Que s'est-il passé entre-temps? Elle remonte dans sa chambre avec le biberon. Claire la reconnaît et se réjouit. Geneviève la prend dans ses bras. Pour la première fois, Claire pose ses menottes sur le biberon, comme si elle voulait le tenir elle-même. «Ce n'est pas vrai», lui confie Geneviève, «pour toi, je n'ai pas péché. Je te désirais, voilà tout. Et il n'a pas compris. À toi, je dirais tout volontiers.» Geneviève au biberon, et à l'exploit de sa fille, assise sur le rebord du lit. Elle a de beaux vêtements pour l'été, et même un manteau pour l'hiver. Elle va pouvoir s'habiller comme elle habillait les poupées de Véronique, en cachette. Les poupées toutes neuves étaient toujours pour elle, l'aînée, la choyée de Raymond. À y réfléchir, la petite Claire découvre-t-elle en ce moment le goût de la vie, un goût de vanillé, de carotte ou de pomme? Geneviève n'a jamais été jalouse. Elle aimait bien sa place seconde. Elle avait moins de comptes à rendre. Elle devinait un tourment chez son père qui lui faisait admirer sa mère et respecter sa sœur. Elle aurait été préférée qu'elle en eût souffert, incapable qu'elle était de jouer le jeu mutin et farceur, de se soumettre au rite des pantoufles et des bises furtives avec compliments, fierté de pouvoir montrer un carnet d'école avec rien que des 10 sur 10 en conduite. Aussi Angeline avait-elle parfois un geste bref et tendre pour Geneviève dont les carnets étaient moins bons et le rapport au père plus anodin. Ce sera pourtant elle, l'élue, pour la rencontre avec Nicole et sa demi-sœur Anna. Sur le chemin du retour, Raymond lui avait dit «ta sœur est trop bavarde. Toi, quand tu tiens un coquillage, à la plage, tu ne le lâches pas. Tu ne le rends pas. Tu vois que je t'observe». Le jour du mariage de Véronique, Raymond avait fait danser sa cadette, «je voudrais que la tête te tourne un peu. Il te manque un peu d'ivresse. Tu as pris tes études trop au sérieux. Il va falloir que tu vives ta vie et ne te trompes pas». Paroles effacées qu'on peut pourtant lire, gravées dans une mémoire. Claire a achevé son biberon. Voici Geneviève à l'ouvrage des couches et des pommades, une odeur de bébé pour la promenade. Geneviève n'a pas de souvenir de qui que ce soit se penchant vers elle. Peut-être Tinette, à *La Cisaille*. L'image est floue. Certainement pas Julien qui lui fermait les yeux d'un geste de la main droite, caressant le front, le bout du nez et le menton. Elle ne l'a donc connu qu'en aveugle, à tâtons et à l'odeur de sa peau, souvent moite après les longues marches, et celle des aisselles, odeur poivrée, forte, qu'elle avait appris à aimer puisqu'elle annonçait ce que Raymond avait appelé l'ivresse. L'intimité rend tout grandiose, presque poignant. Geneviève au bureau. Elle trie le courrier qu'elle doit envoyer à Paris, qu'elle déposera à la poste centrale derrière la préfecture, tant et tant de signatures pour tant et tant d'actes. Geneviève a une rue dans la tête, une rue de frayeur quand, tôt le matin, elle quittait l'appartement de Tinette pour aller passer ses examens; une rue de bonheur au retour parce qu'elle savait qu'elle avait réussi et que Tinette avait préparé un gâteau; sa rue désormais, onze immeubles côté pair, douze immeubles côté impair, tous identiques de façade, de genre Haussmann en plus pauvre, pas de pierre de taille, crépis et briques, escaliers cirés, *on est prié de s'essuyer les pieds, la concierge est dans l'escalier, quêtes interdites*, des deux-pièces et trois-pièces, faciles à louer, a écrit maître Rimbaud. Geneviève au perron. L'air est vif, le soleil picote, la petite Claire sourit parce que sa mère la sort, l'emmène, déjà elle regarde, elle observe. Geneviève a quitté la maison sans bruit. Tout cela ressemble à la fois à un mauvais rêve et à un conte de fées, la dérobade de Julien et le surgissement de Tinette. Les premières rencontres avec Julien avaient été pudiques. Jamais Geneviève ne s'était sentie en péril. Elle découvrait avec lui un autre silence: il fallait toujours être de son avis, ne surtout pas le contredire, et se plier tant à ses candeurs qu'à ses violences. Julien rêvait à un monde plus juste. Il se disait «prêt à l'appel», quel appel? Hors des siens, Geneviève aurait souhaité se retrouver hors d'elle et voici que le premier vraiment rencontré, celui-là qui lui parlait d'évasion et de plus grand partage, la ramenait à elle-même et à ses propres remparts. En route pour un bel après-midi d'été, Geneviève à la poussette. Le soleil a maté le vent. Une chaleur monte de la chaussée. Elle franchit la porte Sainte-Mesme, un raccourci pour se rendre chez les Flavien. Elle pense à son temps des premiers émois et des premières rencontres. Elle pense à son sujet de dissertation au baccalauréat, *le théâtre n'est-il pas la vie en raccourci?* Brave Gautier dont elle avait lu un roman qui, le temps d'une lecture, l'avait captivée, parce que de chapitre en chapitre elle avait voyagé dans un pays qu'elle ne connaîtrait jamais; brave Théophile qui, par sa pensée en guise de sujet, lui avait valu une bonne note, car si elle rêvait de voyages lointains, tout en elle était cantonné à sa ville, sa famille, pièce de théâtre infinie en réalité. Geneviève sourit à la petite Claire que le ciel émerveille. Un rien, et Geneviève se met à penser et repenser à autre chose, comme si elle n'avait qu'un ouvrage de vie. Pendant des mois, Julien lui avait fait subir comme un examen de passage. Et elle avait accepté, la décence, la pudeur, la fougue du plus très jeune homme, avec une résignation dont le rite, effleurement des mains, effleurement des lèvres sur ses joues pour le salut du bonjour ou celui de l'adieu, jusqu'au lendemain, et ainsi de suite, les jours heureux des trouvailles l'un de l'autre. «Où vas-tu donc te perdre?» demandait Angeline. Geneviève ne répondait pas. Elle ne savait que peu de Julien, mis à part de vagues promesses de *route*, de *chemin*, de *réponse à l'appel*, et il ne l'interrogeait pas, «tu es celle que je devais rencontrer». Angeline insistait, «j'ai le droit de savoir». À ce théâtre-là, Geneviève avait appris que tous vivaient de la peur des autres, méchants ou terriblement affectueux, comment savoir? le résultat était le même. À ce théâtre-là, chacun s'accommodait de la pingrerie et de la cupidité qui allaient et vont toujours, rudement de pair avec l'orgueil comme avec la honte d'avoir des biens, avec l'amertume comme avec la volonté d'insouciance de ne pas avoir vécu la vie dont on rêvait. Julien, lui, avait seulement proposé une frayeur de même nature que la peur régisseuse de vie, et une pauvreté dont le vœu serait encore une fois surenchère de nanti, car, fils unique, il tenait de ses parents, grossistes en mercerie, morts dans leur camionnette entre deux marchés, franchissement d'un stop, fauchés par un camion plus gros que leur véhicule, magot né de l'étal, des rubans, fils, aiguilles, boutons, fermetures à glissières. Il fallait bien faire le gros de magasin en magasin le lundi, le mardi, et le détail dans les marchés du mercredi au dimanche, jamais un jour de repos, et le fils adoré chez les bons pères, au collège, pensionnaire, il apprendrait «le latin». Geneviève a laissé la poussette devant le salon de coiffure. Elle a pris Claire dans ses bras, «comme vous êtes pâle», a dit Flavien en embrassant sa filleule. Aucun client côté hommes, pas une cliente côté femmes, madame Flavien dit «nous sommes trop vieux. Nos habitués sont morts. Ceux qui vivent encore se déplacent difficilement. Nous fermons boutique le 15 août. La retraite, les beaux jours commencent. Nous allons jardiner». À leur joie de la visite et du revoir, Geneviève mesurera sa peine à tenir, ne serait-ce qu'en pensée, un discours logique, et n'osera rien leur demander. Promesse fut faite de se revoir souvent. «Nous aurons un cadeau pour votre maison. Vous viendrez le chercher? Ils donnèrent leur adresse. C'était loin après les faubourgs de l'ouest, de l'autre côté de *La Cisaille*, en aval de la Jabeuse. Ils parlèrent encore de Tinette mais de personne d'autre de la famille. «J'ai dû me tromper de cravate», dira seulement monsieur Flavien. «Avec mademoiselle Volard, tout était possible», ajoutera son épouse. Nul reproche, et des «comme elle est belle», «elle vous ressemble» et «nous l'aimons» à l'adresse de Claire. Geneviève poursuivra sa promenade, à la fois présente aux obstacles des trottoirs, aux traversées de rue, à la gaîté de Claire qui, couchée, a le ciel entier pour elle; et absente, absentée, livrée aux souvenirs dont le vrac l'étonnait, éveillant en elle un sentiment de répétition et de perpétuité. Elle se dira de Julien qu'il était *inévitable*, non pas séduisant ou irrésistible, si peu un coup de foudre, plutôt un coup de raison, car il y avait de la pondération et du tact dans ses folies d'appel, quel appel?, Geneviève passa s'inscrire à l'école de conduite automobile. La secrétaire l'assura qu'elle pourrait garder le bébé pendant les leçons mais qu'elle devrait apprendre seule son code de la route. Geneviève ne voulait rien avoir d'autre à demander à sa mère que le logement et les repas, en attendant le logement. Elle tenait aussi à «participer aux frais». Il y allait de la tendre loi des retours, des affections et des *coutumes volardiennes*, une expression de Raymond qui froissait Angeline. Geneviève ensuite passa à la boutique *clés en main* et rêva devant des maquettes de maison. Elle voulait au moins une chambre en étage «pour le paysage» et trois autres chambres, «tu vois trop grand, mais c'est toi qui décides, tu as l'argent», commentera Angeline. Elle voulait une maison tournée vers l'est et *La Cisaille*. Elle voulait un living-double avec cheminée «pour les flambées». Elle choisit un modèle. «Parfaitement intégré au site», lui dira le marchand, «et pour les finitions, vous pouvez compter sur moi, votre beau-frère, monsieur Berthier, est notre conseiller d'entreprise. La preuve, voici sa dernière invitation à un petit déjeuner de réflexion. Je suis un fidèle. Un abonné. L'avez-vous entendu exposer sa méthode pédagogique qui forme les vendeurs à devenir des managers d'équipes gagnantes?» Geneviève ne répondra pas, indifférente, vaguement superbe, rêvant à la maquette de la maison choisie. «Vous pouvez être fière de votre beau-frère.» Geneviève ne dira rien, installant cette fois une gêne qui n'était pas sans lui faire ce que Tinette appelait *un malin plaisir.* Ainsi donc, les sentiments ordinaires revenaient à l'assaut et Geneviève se sentait revivre après les années de fuite avec Julien. Le marchand vantera la qualité des murs, du toit, des matériaux employés, du prix compétitif, un acharnement à la vente dans lequel transparaissait la manière alerte et heurtante de Martial. Elle sourit. Le marchand lui dit «alors, ce modèle vous convient, si vous signez aujourd'hui, je m'engage à ce que la maison soit prête pour les fêtes de fin d'année». Geneviève signa le compromis. C'était bien cette maison-là. N'était-elle pas déjà venue plusieurs fois en choisir le modèle? Geneviève donna l'adresse des notaires de Paris pour les actes et règlements de commande. Puis elle se promena encore, passa devant la maison de Sylvain et de Suzanne avec une crainte si proche de la curiosité qu'elle eût frémi si quelqu'un s'était présenté à la porte, si une fenêtre s'était ouverte. Elle ne les avait pas revus. Elle ne les reverrait pas, comme les autres, tous les autres, chacun pour soi. C'était ainsi le devoir et la règle, la liberté de tous également. La Jabeuse était rentrée dans son lit, régnait l'ordre paisible d'une fin d'après-midi d'été. Elle s'arrêta un peu plus loin et, assise sur un banc, donna le biberon à Claire. Déjà les martinets tournoyaient au-dessus de la ville et déchiraient l'air de leurs cris stridents. À nouveau, Geneviève pensa *on écrit sur ce que les autres effacent.* Pourquoi cette pensée? Pourquoi cette phrase? Elle était sauve et cela seul comptait. Au retour à la maison, Angeline lui dira «tu as tardé». Elle répondra «il faisait beau», puis, «j'ai choisi la maison». «La grande?» «Oui, la grande.»

14.

C'est novembre, un dimanche, en fin d'après-midi. Martial et Véronique sont là avec leurs enfants. Angeline a préparé du thé, «très léger, pour ne pas empêcher de dormir». Les enfants ont droit à de la citronnade et à des biscuits secs. «C'est meilleur à la maison», a dit l'un, «tu ne vas pas critiquer grand-mère», a répondu un autre. Geneviève a du mal à se souvenir de leurs prénoms. C'est la troisième fois qu'elle les voit. Le petit dernier ne la quitte pas. Il voudrait prendre Claire dans ses bras mais on le lui a interdit. Raymond fume le cigare, à l'écart. Véronique donne des nouvelles de la ville. Le magasin des Flavien va devenir une boutique de mode. Martial sourit. Véronique explique à mi-mots bien ciselés, comme à l'ordinaire grandiose et théâtrale, touchante somme toute si on se penche et si on écoute, que cette boutique est un cadeau d'un industriel à une certaine jeune femme, une ancienne «secrétaire». Martial lui ordonne de se taire. Raymond fait semblant de ne pas avoir entendu. Angeline demande «un sucre ou pas du tout?», ce qui fait sourire les enfants qui se donnent des coups de coude. Geneviève a eu son permis de conduire du premier coup. Il y a une petite voiture blanche devant le perron. «Tout de même», dit Martial à Geneviève en caressant son crâne chauve, «êtes-vous sûre que ces notaires de Paris sont honnêtes?» «Tinette l'a dit.» «Tinette n'est plus là, c'est de vous qu'il s'agit. C'est sérieux.» Véronique dit à ses enfants d'aller jouer dans le jardin. «Il n'y a rien», a dit l'un, «il fait froid», a murmuré un autre. Et puis une menace est tombée, ils ont décampé. Martial a insisté, «et cette vente publique, il y avait des trésors chez votre marraine, surtout dans la bibliothèque. Si ç'avait été moi...» «Et moi!» ajoutera Véronique. Geneviève dira seulement, seule, se sentant férocement seule, «j'ai respecté sa volonté», et pensera que, pour parler des siens et d'elle-même, le schéma ne serait jamais assez simpliste, la réalité était inénarrable, il y avait de la bonté dans le naufrage de chacun et la survivance de tous. «Qu'en penses-tu?» demandera Angeline à Raymond. Raymond répondra «Tinette avait peut-être raison». Pour ce *peut-être*, le calme reviendra, en famille. C'est novembre. Un dimanche. Il a plu. En fin de matinée, ils sont tous allés voir les travaux de la maison, le chantier, un immense tracé, dalle de béton dans un champ de boue, ferrailles levées vers le ciel et déjà quelques murs porteurs. Raymond avait retiré ses guêtres pour ne pas les salir, ses chaussures en lézard étaient toutes crottées, régnait une odeur de terre meuble et de feuilles mouillées. Martial, Véronique et leurs enfants avaient, eux, emporté des bottes. Angeline avait pris prétexte de garder Claire pour rester en bordure de la route et ne surtout pas s'approcher. Elle avait dit «pourquoi si grand?», «pourquoi si loin de la route?» et «pourquoi si loin de nous?», tant et tant de *pourquoi* auxquels elle ne pouvait s'empêcher d'attacher de l'importance, livrée qu'elle était encore à son rêve de prisonnière des ronces de *La Cisaille*, personne pour venir à son secours. Il y avait la voiture noire de Martial, un grand modèle familial, et la nouvelle voiture blanche de Geneviève, «une vraie passe-partout», avait dit Véronique à sa sœur en s'efforçant de sourire gentiment. Martial avait pris les devants et, avec un air de spécialiste, s'était penché pour vérifier si la dalle était de qualité, si les murs porteurs étaient bien conformes au descriptif. Geneviève donnait le bras à son père qui, au hasard des paroles en principe échangées, serrait du coude, contre lui, l'avant-bras de sa fille, pour lui signifier qu'il n'était pas dupe ou «de son côté». Dupe de quoi? Tout le monde n'était-il pas du même côté, y compris elle, Geneviève, là où tout se dit sans que rien ne soit vraiment dit, tout subtilement dénoncé sans que rien ne soit jamais annoncé? La gaîté des enfants de Martial et Véronique avait quelque chose d'incongru. Ils encerclaient en criant la future maison, décrivant un château, «là, il y aura le pont-levis», avait dit l'un, «là, il y aura deux tours», avait dit un autre, «silence!» avait lancé Véronique avec sa voix à la serpe de quand elle se croit régente, unique, parfaite. Les parents de Martial avaient aussi de la fortune. Ils étaient propriétaires du magasin «Au Pauvre Diable», le grand magasin de jouets, poupées, jeux de croquet de toute la ville. On y venait de loin chercher le fameux grenouillard, tradition de la région, dont la légende citadine disait que, de passage dans la ville, Henri III avait été amusé au point de l'imposer à la Cour. Le jeu avait la forme d'un tonneau surmonté d'une grenouille. Il fallait, à distance, lancer des palets dans tel réceptacle ou telle fente, le maximum de points étant obtenu quand le palet était gobé par la grenouille. Les parents Berthier avaient de nombreux employés et ne paraissaient jamais dans le magasin. Le père de Martial allait souvent à l'étranger, en quête de nouveaux jeux. Le magasin était tout en longueur, les vitrines toujours chargées de nouveautés, les rayonnages croulants de jouets, un vrai dédale où Angeline emmenait parfois ses filles, «seulement pour regarder». Le magasin était tenu depuis quatre générations. Son nom faisait rire le père Ouvrard qui l'avait même mentionné, comme s'il s'était agi d'un redoutable lieu de débauche, à un sermon de messe de minuit. «De quoi se mêle-t-il?» avait dit le père Berthier, «le bonheur d'un enfant est sans prix et je vends aussi de l'éducatif!» Le magasin a disparu. Martial l'a jugé peu rentable à un pareil emplacement. Le local a été transformé en restaurant libre-service. Ainsi, désormais, le long des vitrines, on peut se restaurer en regardant les passants, et cancaner. «Vous avez un drôle d'air», avait dit Martial à Geneviève, «vous ne devriez pas faire confiance à tout le monde. Je leur ferai savoir demain que j'ai visité les travaux. Ils vous trompent sur les matériaux». Geneviève avait répondu «merci» sous le regard fier de Véronique, un regard d'un air de dire «mon gnome est un homme». Geneviève observait sa sœur et son beau-frère à l'inspection. Il y avait de la jalousie dans leur application à tout vérifier. Ils avaient des «choses à dire»? Ils les diraient au moment du thé. Des conseils à donner? Un rôle à jouer, pour eux, éventuellement? Angeline appela du bord de la route, «la petite pleure», elle disait la petite et toujours pas Claire, et «j'ai froid, il faut rentrer». Raymond confiera à Geneviève «c'est beau, tu vas surplomber La Cisaille». Puis plus rien. Geneviève lui donnait toujours le bras. La pluie les chassa, brève bourrasque. Ils s'étaient retrouvés dans les deux voitures, entassés, mouillés, frileux. Le repas avait été pingre, carottes râpées, gratin de poisson et compote de pommes avec du vin «seulement pour les grands». Angeline eût souhaité revoir les belles heures des «ripailles à *La Cisaille*», mais, expliquera-t-elle, «les temps ont changé. Tout a un prix. L'insouciance n'est plus ce qu'elle était». Geneviève pensa, force était de se l'avouer, qu'il y avait une autre tendresse, fût-elle amère ou nostalgique, dans cette réunion. Le marbre, désormais, interdisait les petits bonheurs, les élans et les aveux. La vue, au dehors, fixée sur l'arrière de la pharmacie et l'horizon de peupliers nus et de bâtiments cubiques hérissés d'antennes de télévision, n'invitait pas à la rêverie. Il y avait eu le traditionnel «passons au salon». «Si nous allumions la cheminée?» avait proposé Véronique. «Non», avait dit Angeline, «elle n'a jamais été ramonée.» Et «nous n'avons pas de bois mort». Au fond d'elle-même, Geneviève fulminait. Elle se disait des, «ils m'ont fait croire que j'étais en trop», «ils m'ont fait croire que j'étais mal venue», «ils m'ont laissée, abandonnée, terrorisée». La douceur de Julien n'avait été qu'une terreur de plus, une de ces terreurs qui ne s'annoncent pas comme telles, une de ces terreurs qui taisent et qui opèrent subrepticement, une de ces terreurs qui interdisent, rongent, fascinent, emportent, lacèrent et satisfont parce qu'elles ont pour elles l'apparence des serments les plus doux. «Au Pauvre Diable», «Au Gaspillage», «Le Salon Flavien», «Le Café de la Paix», *La Cisaille*, autant de ponctuations dans une mémoire que Geneviève eût souhaité moins sévère. «Parle, ma fille», dit Angeline en buvant son thé, «parle. Tu veux parler. Nous n'attendons que ça!» Il y avait brusquement de l'éclat dans la voix d'Angeline, comme si la mère et la fille s'étaient exaspérées en même temps. Angeline, sur le modèle Volard, voulait-elle faire régner l'habituelle, subtile et gentille frayeur, sans désormais la douceur du terroir, les tonnelles de *La Cisaille* et l'insouciance des fortunes acquises aux Colonies? Geneviève se tut et les dévisagea, un à un, tous les quatre. Seul Raymond, du regard, lui signifia lointainement de se calmer et de ne surtout pas répondre. Régnait encore le pacte Volard auquel Martial avait souscrit, et Raymond, pas. La nuit tombe vite en novembre. Le dimanche devient jour de confrontation. Geneviève pensait à Julien dont elle s'était éprise parce qu'elle l'avait cru différent. Il était un peu fou, fou de Dieu? et cela lui avait plu. Il ne la touchait pas encore et cela aussi l'avait séduite. Jusqu'à la veille du jour où, en service commandé, Geneviève devait se rendre au baptême d'une petite cousine dans la famille de Raymond, dans les Côtes-du-Nord, Brabant oblige, avec halte à Paris, chez Tinette, Julien lui avait enfin dit son projet, «le train d'abord pour aller assez loin, puis la route, en route, la vie, Dieu m'a dit de me faire pêcheur d'hommes, Dieu m'a dit de le suivre. Veux-tu me suivre?» elle avait répondu «oui» comme on bredouille *oui* pour un mariage. Pour le détail, elle ne dirait rien à sa famille et *ferait comme si.* «Tu feras comme si?» Elle avait encore répondu «oui», «oui» et «oui». Angeline a remis de l'eau chaude dans la théière. Martial consulte son carnet de rendez-vous. Véronique surveille ses enfants qui jouent aux *petits signes* en bas de l'escalier, «tu triches», a dit l'un. «C'est celui qui dit qui est», a répondu un autre. «Silence, nous allons bientôt rentrer», a annoncé leur mère. Raymond a branché la télévision, «l'image, pas le son». Il reste debout. Il n'est toujours pas chez lui. Geneviève prend Claire dans ses bras. Elle n'a pas entendu *c'est celui qui dit qui est*, mais *c'est celui qui lit qui est*. Elle sourit. Il y a de la force dans toutes ces terreurs et toutes ces douceurs, du miel et si peu de fiel. Julien aussi écrivait, pour de vrai, pas seulement en pensée, sur des cahiers et des cahiers. Cela avait duré des années. À qui donc postait-il chaque cahier lorsqu'il était rempli? Et où? Jamais Geneviève n'avait osé le lui demander tout comme jamais elle n'avait osé demander à sa mère le pourquoi de si peu d'amour déclaré. Elle avait si souvent voulu pouvoir lui dire «ça ne coûte rien, maman». Le matin du départ pour le baptême, Julien l'avait attendue à la gare. Ils avaient pris le train en faisant semblant de ne pas se connaître, jamais personne ne les avait vus ensemble. À la première correspondance, ils étaient partis en sens inverse, vers le Sud. Un autre début d'été. Julien disait «pour la cueillette des cerises et la rencontre des âmes». Tinette, de Paris, avait dit son inquiétude. Angeline et Raymond avaient d'abord cru à une fugue et n'en avaient pas parlé à Véronique parce qu'elle était enceinte de Martial pour la troisième fois en quatre ans et que les deux premiers bébés déjà l'accaparaient. Mais, au bout de huit jours, il avait bien fallu le lui dire et prévenir la police en demandant la plus stricte discrétion. Il y avait de la vivacité dans ce retard, sentiment profond, rituel, resté aussi vif, en dépit de tout. Geneviève pensa que ce délai leur avait permis de mieux disparaître. Pour les menus travaux, Julien et elle donneraient toujours d'autres noms. Souvent ils étaient payés au noir. De l'argent, ils n'en avaient pourtant pas besoin. Julien avait, semblait-il, mis l'affaire de ses parents en de bonnes mains et parfois, aux postes des villages, il allait expédier un cahier et prélever quelques sous pour le rudimentaire sur son compte chèque postal. Geneviève ne lui avait rien demandé, pas même son nom qu'elle ne connaissait toujours pas, le prénom suffisait et elle ne manquait de rien, elle le suivait. Lors des veillées, Julien parlait aux autres journaliers. Il leur portait une parole bonne, si différente et cependant la même, comme ressourcée, de la Bonne Parole des prêches du père Ouvrard. Tant d'hivers, tant d'étés, tout un temps comme un instant, et maintenant, parce que les siens retrouvés se taisent, Geneviève se le rappelle. Ce n'étaient ni des jours heureux ni des jours radieux mais des jours vrais, avec la rigueur des plus grands froids, un sens retrouvé des saisons et le goût des fruits sauvages au retour des beaux jours. Angeline s'est assoupie. Véronique est à la cuisine; elle nettoie tasses, théière, soucoupes et petites cuillères en argent, celles dont elle a dit à sa mère, un jour, «tu me les laisseras, promis?» Martial prend des notes pour son prochain séminaire. Les enfants, dans l'entrée, s'impatientent. Raymond a mis ses pantoufles. Il nettoie précautionneusement ses chaussures en lézard. Geneviève pense à Tinette, aux chances qu'elle a dans ses épreuves qui n'en sont pas, à la mémoire qui lui revient d'un itinéraire dévoué, et au respect qu'inspire autour d'elle l'argent. Cet argent qui leur permettait de faire la route, d'aller à la *pêche aux hommes* et jamais, femme, suivante, si peu confidente, elle n'avait pu interroger le compagnon Julien, l'élu, son élu. Elle n'avait encore une fois été que la seconde. Après Dieu. Celle qui vient après. Après Véronique. Julien ne pouvait-il donc avoir d'elle que des fils? sinon «Dieu a dit que tu auras fauté». La faute encore? Celle d'être née? Geneviève avait suivi Julien parce que toujours légèrement à l'écart des groupes, ci et là, dans tel ou tel village perdu, loin des grandes routes, là où encore circulent les contes, si peu de l'écrit, si peu de la philosophie, de la poésie ou du roman, elle l'avait écouté parler et dire comme nul autre; il annonçait, elle y croyait. Et, double nuit de ses nuits, les yeux fermés par son aimé, elle avait accepté l'aveuglement et la soumission. Et elle est là. Elle embrasse le front de Claire. Elle rêve à la maison achevée et à sa vie en solitaire, solitude avec Claire, qui ne suffirait perpétuellement jamais à recomposer point par point la tapisserie de sa fuite. Martial ne prend plus de notes. Il songe à son voyage à Paris quand il avait fallu, après des mois, prévenir discrètement Interpol. Pour le restant de la famille, Céleste, les autres tantes, oncles, cousins et pour la ville, la version officielle était, sans aucun commentaire, «Geneviève a disparu». Seule Tinette avait dit «elle reviendra». Angeline la savait aussi superstitieuse que malicieuse et avait décrété «Ginette ne parlera pas», en cas de décret il n'y a plus de petit nom affectueux. Geneviève se demande encore comment Julien avait pu se procurer de faux papiers, avec une autre identité, des empreintes digitales qui n'étaient pas les leurs, des photos vaguement ressemblantes. Chassés d'un village comme des diables, ils avaient abandonné ces papiers qu'on ne leur avait jamais demandés. Ainsi un passé s'était-il apparemment effacé. Pour la famille, Geneviève avait définitivement disparu. Il n'y avait que Tinette pour ne pas croire au définitif. On sonna à la porte. Angeline se réveilla, «non, j'y vais». Un homme se présenta. Il tenait de la main droite un petit garçon de cinq ans et, de la main gauche, un autre petit garçon de trois ans, tous deux bien mis, en pèlerin, effa-

rouchés. Des paysans? Une quête? L'homme dit
«je viens chercher Geneviève», puis «je sais qu'elle
est là».

15.

Véronique quitta sur le drame la maison avec ses enfants, «allez, dépêchez-vous», tête baissée, n'osant même pas regarder le visiteur. Geneviève ne pouvant pas aller se réfugier dans sa chambre, obligée qu'elle était de passer dans l'entrée et donc d'être vue, alla s'enfermer avec Claire dans la cuisine. Raymond et Martial avaient rejoint Angeline qui les prit par la main un peu comme si elle allait s'évanouir, plus encore, à seule fin, peut-être, de se sentir dominante. L'homme dit «c'est moi. Les enfants ont trop besoin d'elle». «Les enfants?» Un vent glacé s'engouffrait du dehors. «Vous n'entrerez pas!» ajouta Angeline. Le plus jeune appela «maman?» Raymond les fit entrer et referma la porte derrière eux. Angeline recula d'un pas, Martial la serrait dans ses bras, l'œil à la colère, c'en était presque grotesque. Angeline dit d'une voix plus assurée «d'abord, qui êtes-vous?» «Julien.» «Julien comment?» Il y eut un silence. «Je sais ce que j'ai fait, madame. Vous pensez que c'est ignoble. Je répondrai de mes actes, s'il le faut. Je veux la voir. Manuel et Germain veulent la voir.» C'est Raymond qui prit les enfants par la main et les conduisit à la cuisine, laissant la porte ouverte. Puis il revint. Aucun bruit. Sans doute se regardaient-ils, sans rien dire, prisonniers de l'émotion. Au bout d'une minute, on entendit faiblement la voix de Geneviève, «elle s'appelle Claire». Ainsi Julien apprit-il le prénom de sa fille. Debout, en manteau, un manteau trop étroit pour lui, il portait une cravate bleu sombre, un pull de grosse laine grise, une chemise blanche qui semblait l'étrangler, un col rebiquait au-dessus du pull-over. Il s'était rasé de près. Il était un peu pâle. «J'ai froid», dit-il, «j'ai longuement hésité devant la porte.» «Pas de comédie», lança Martial. «Angeline», dit Raymond, «prépare-nous du thé, sors les verres à liqueur, nous allons parler entre hommes, attendez-nous dans la cuisine.» Angeline regarda Raymond, surprise, épinglée et somme toute ravie par le ton rival. «Monsieur Brabant, tout de même» dira Martial. «Je ne veux plus non plus, cher beau-fils, que vous me traitiez en monsieur.» Il fit signe à Julien d'ôter son manteau et d'entrer dans le salon. Angeline avait disparu dans la cuisine. Là, elle eût souhaité pouvoir donner libre cours à sa colère, mais il y avait de la beauté dans la réunion de Geneviève, assise, Claire dans ses bras, Manuel et Germain de chaque côté d'elle, touchant du bout du doigt, délicatement, ci le front, là les lèvres, et le menton de leur petite sœur. Angeline pensa l'habituel «qu'est-ce que nous avons fait au bon Dieu pour mériter tout ça?» auquel elle ne croyait même pas. Elle songeait plutôt à des malédictions, à des maléfices, à un sort jeté, à un destin brisé, tant aux apparemment douces heures de *La Cisaille* qu'au songe des ronces dont elle était toujours prisonnière, tout cela en vrac, un affolement. Elle dit à voix haute, sans même s'en rendre compte, «trois, tout de même!» Geneviève la regarda. Elle était à la fois émue et radieuse, souveraine et désemparée. Angeline eût souhaité la voir suppliante et furieuse. Il n'en était rien.

Ainsi tout ramenait Angeline à l'identique histoire de chacune de leurs vies, le sentiment revendiquait comme un inévitable outrage aux convenances dont on ne dirait jamais assez le méfait des silences, des refus, des écarts, jusques aux mépris. Geneviève dit à Manuel et à Germain «c'est votre grand-mère, ma maman à moi, vous pouvez l'embrasser». Angeline se pencha, prit les petits dans ses bras et murmura «comme ils sont beaux», puis, «retirez vos pèlerines, je suis sûre que vous avez faim» et, à l'adresse de Geneviève, «mais ne crois pas que j'accepterai cet homme-là». Au salon, Raymond débrancha la télévision, plus même d'images, la confrontation. Un silence d'abord, une gêne, Martial dira à Julien «vous avez tout de même du culot», à nouveau le silence, silence d'orties et d'épines. Martial ajoutera «vous avez de la chance que Véronique ne soit pas là, elle aurait tout de suite appelé la police» et «des salauds comme vous, on les enferme». Julien, bras ballants et bouche bée, laissait dire. Raymond trancha, tendant le bras vers Julien, «ainsi vous êtes là, et je m'en réjouis. Malgré tout». Il se tournera vers son beau-fils, «j'ai bien dit *malgré tout*, Martial, malgré nous, malgré vous. Ce n'est jamais l'heure des insultes». Il précisa à mi-voix «même si elles sont justifiées», et il remit en place la perle noire de sa cravate. «J'ai du bien», dit Julien, «et je veux recommencer ma vie avec Geneviève et nos enfants, au foyer, simplement.» «Des gens comme vous, on ne les change pas», lancera encore Martial. Le regard net de Raymond sera une entrave à sa colère, et il ne pourra pas s'empêcher de dire à son beau-père «vous, ce n'est pas mieux, si vous croyez que Véronique n'a pas souffert de cette liaison avec cette femme!» Raymond dira «elle s'appelait Nicole et je l'aimais». Angeline apportera le thé, des biscuits et les verres à liqueur. Raymond dira «c'est ton beau-fils, Julien, tu peux le saluer». Angeline et Julien se regarderont un long temps. Julien s'approchera d'Angeline qui se laissera embrasser sur les joues, bises conformes et maladroites, Julien tremblait. Angeline dira «je fais cela pour les enfants». Martial téléphonera à Véronique, «oui», «oui», «non», puis «ne m'attendez pas pour dîner» et «je te le promets». Que lui promettait-il? La voix de Véronique, au bout du fil, était acide, elle criait presque. Raymond dira à Julien «allez voir Geneviève, elle vous attend» et à Angeline «non, reste là, c'est leur affaire». Angeline essaiera de prendre Martial à témoin mais celui-ci est passé dans le petit salon se donnant des coups de poing, alternativement, dans chaque paume de main, l'air vengeur et déjà perdant. Des retrouvailles de Geneviève et de Julien, dans la cuisine, on ne saura jamais rien, on ne verra jamais rien. Seuls les enfants ont le droit de voir vraiment. Julien reviendra, portant Claire dans ses bras, suivi de Geneviève tenant par la main Manuel et Germain, comme Julien sur le perron, coup de théâtre. Geneviève leur dira devant Raymond «c'est votre grand-père, mon papa, vous pouvez l'embrasser». Raymond les soulèvera de terre avec une force que l'on n'eût pu lui soupçonner, celle de la vie vraie, si peu celle des revanches. À les contempler, Angeline se dit qu'elle venait de retrouver là le Raymond de la première fois, chez Tinette, quand ses deux frères avaient convié *leur ami*. Ainsi, le bonheur louvoie. Martial reviendra à l'assaut, se plantera devant Geneviève et Julien et dira «qu'avez-vous fait pendant tant d'années? Où étiez-vous? Nous en avons tous souffert. Nous avons tout de même droit à une explication, sinon c'est le monde à l'envers. J'attends!» Julien se tourna vers Geneviève: donc elle n'avait pas parlé. Angeline servait le thé. Raymond proposa des liqueurs. Il n'y eut pas de réponse. Martial se fâcha, «très bien, je m'en vais». Il attrapa son manteau dans l'entrée et sortit en faisant claquer la porte puis revint. Il s'était trompé de manteau. Il avait pris celui de Julien. Il dit à Geneviève «je ne vais tout de même pas rentrer à pied. Vous pouvez au moins me raccompagner». Geneviève le suivit sans rien dire. «Véronique se calmera», dit Raymond, «c'est normal.» Manuel et Germain mangèrent des biscuits et burent un peu de thé dans la tasse abandonnée par leur mère, «ça les réchauffera», dit Angeline, «combien de temps êtes-vous restés devant la porte?» Julien répondit «une bonne heure. Les petits avaient les mains glacées. Je leur disais de ne pas faire de bruit dans le gravier». Raymond et Julien trinquèrent et burent d'un trait un petit verre de liqueur des Chartreux. «Je suis», dit Raymond, «d'accord pour tout si tel est le désir de Geneviève mais il faudra régulariser la situation au plus vite.» «Et en toute discrétion», ajouta Angeline. Régnait comme une douceur. Claire était réveillée et regardait son père. Raymond se sentit un peu ridicule dans ses pantoufles. Angeline dit, entre deux gorgées de thé, elle aussi tremblait mais peut-être n'était-ce que l'âge, «dites-nous au moins que vous êtes de la région». «Je le suis», répondit Julien. Et il parla de ses parents, «nous les connaissions, ils venaient au marché, près de *La Cisaille,* c'était vous le bébé dans les cartons de batiste?» «Oui, madame.» «Mon nom est Angeline et le sien, Raymond, et vous êtes des nôtres.» Julien parla ensuite de son enfance, du collège, des rares entrevues avec ses parents, de ses vacances dans la campagne, non

123

loin. Il n'avait jamais raconté tout cela à Geneviève. Il était même surpris de faire tant de confidences. Manuel et Germain l'écoutaient, «on écoute très tôt, on enregistre tout», dira-t-il en les serrant contre lui, enfin un peu à l'aise. Il murmura «j'étais fou, pardonnez-moi». Angeline pensera qu'il n'y avait jamais eu de pardon, qu'il n'y en avait pas, et que le père Ouvrard pouvait s'évertuer, il n'y en aurait jamais. «Je suis encore un peu fou», répétera Julien, «je vais me faire soigner.» «Fou de quoi?» demandera Raymond. Il n'y aura pas de réponse. Brusquement, Angeline se rendit compte qu'on entendait le tic-tac du balancier de l'horloge, en bas de l'escalier. La maison revivait ou bien avait-elle vécu sans qu'on le sache? Angeline se leva, «je vais préparer le dîner. Oh, pas grand-chose. Ce n'était pas prévu. Mais Geneviève sera contente». «Venez», dit-elle à Manuel et à Germain, «vous allez m'aider à mettre la table et d'abord vous allez vous laver les mains.» Raymond se retrouva seul avec Julien. Soudain, Julien dit «c'est l'histoire de deux sages, l'un est le disciple de l'autre. Ça se passe loin, très loin d'ici. Il y a le vieux et il y a le jeune. Ils ont un long parcours à effectuer. L'un et l'autre ont fait vœu de pureté et de ne surtout jamais toucher femme. Ils marchent des journées entières». Julien reprit sa respiration comme si un autre ou quelqu'un d'autre la lui ravissait. Il fallait voir Raymond étonné par le brusque récit de son futur beau-fils. Il fallait voir l'air ravi, presque joyeux, de Julien poursuivant le conte. «Le troisième jour, ils rencontrèrent une vieille, vieille femme au bord d'une rivière qu'elle ne pouvait pas traverser. Le vieux sage la prit sur ses épaules et la laissa sur l'autre rive. Le jeune sage suivit son maître sans rien dire, un jour, deux jours, trois jours. Le troisième jour il dit, *maître, nous avions fait un vœu et vous avez porté cette femme.* Le maître répondit *c'est sur tes épaules qu'elle est lourde depuis trois jours.*» La première réaction de Raymond fut de sourire, c'était nerveux. Que venait faire ce Julien qui lui parlait trop? N'était-ce qu'une étrange coïncidence? Julien secoua la tête, se frotta les yeux, «pardon je ne sais pas ce qui m'a pris. Je compte beaucoup sur Geneviève pour aider les enfants d'abord, moi ensuite, ce ne sera jamais assez». Raymond lui dira «parlez encore, tant que nous sommes seuls». Il y aura un silence. Raymond dira vaguement «ne vous inquiétez pas pour Martial, il a la bêtise des gens intelligents de métier». Un autre silence, et un aveu, «ce n'est même pas de moi, c'est de lui. Il est le premier à se faire fouetter». Ainsi donc, ils deviendraient amis. Après tant d'années de mystère pour les uns, de fuite pour les autres, tout ne pouvait pourtant se résoudre dans l'instant. Julien s'était aussi présenté comme quelqu'un qui n'a rien à prouver. Raymond enfin avait aimé cette histoire et son incongruité. Il avait tout de suite pensé à Nicole et à ce proverbe *qui a deux femmes perd son âme* dont à tort il s'était moqué. Il eût voulu pouvoir d'emblée exprimer à Julien à quel point la nature de la douleur qui l'habitait était différente. C'était aller trop vite quand déjà Julien l'avait brusqué. Et lui, Raymond, père de Geneviève, époux d'Angeline qu'il porterait pour traverser l'ultime rivière, un vieux portant une vieille, avait un rôle à jouer. Il eût souhaité pouvoir dire l'inimaginable, quelque chose comme «la douleur qui m'habite est douce et permanente». Julien murmurera «j'ai des histoires qui me hantent», et, après un silence, «il faut que je les chasse». Il y eut un bruit de pneus sur le gravier, un coup de frein au bas du perron, le claquement d'une portière. «La revoilà», dira Raymond, «faites-moi confiance.» Geneviève était pâle. «Il t'a houspillée?» demandera Raymond. Elle esquissera un vague sourire, caressera le front de Julien et reprendra Claire dans ses bras, «où sont les enfants?» Ce pluriel, *les*, avait une telle intensité que seuls les silences accumulés depuis tant d'années eussent pu lui donner une mesure. Le temps n'était pas aux calculs, aux évaluations: tout se qualifiait, régnait un abandon qui parlait de rupture d'habitudes, enfin, et de réunion. Angeline sortira de la cuisine, presque drôle, amusée ou nerveuse encore, elle dira «nous dînerons à la salle à manger. Le dîner sera improvisé mais la table sera belle». Manuel la suivait portant la nappe et Germain les serviettes. «Ils sont formidables», avouera Angeline, «ils font tout ce que je leur dis.» Julien s'était levé, «restez ensemble, c'est mon plaisir». Raymond ira remettre des chaussures, changer de perle à la cravate, la blanche habituelle à la place de la noire qu'il embrassera en la remettant dans le coffret sur le bureau de sa chambre. Puis, chose qu'il n'avait jamais faite, il téléphonera à sa fille Anna, de chez lui, pour prendre des nouvelles et lui dire le bonsoir. Il ira à la cave et choisira la plus fine de toutes les bouteilles, un Margaux 55, la seule qui restait du lot. Après le biberon et les langes, Geneviève posera dans le couffin la robe de baptême de Claire, déjà trop petite, pour la montrer à Julien. Dans la salle à manger, ils prirent place, les hommes face à face, les femmes en bout de table, Manuel et Germain à droite et à gauche de leur mère, et le couffin de Claire au vu de tous. «Je me sens rassurée», dira Angeline en les regardant tous. Et doucement, en regardant Raymond, «comment va Anna?» C'était la première fois qu'elle prononçait ce nom-là autrement qu'en pensée. La nappe avait des plis, elle n'avait pas servie depuis longtemps, «depuis *La Cisaille?*» se demandera Angeline.

16.

La cérémonie fut brève. La salle de mariage était
déserte. Geneviève avait tenu à emmener ses
enfants. Un maire-adjoint barbichu, «adjoint de
quoi? Et d'où sort-il celui-là?» avait glissé Angeline à l'oreille de Raymond. Un premier rang, des
bancs vides, l'affaire avait été rondement menée.
La mairie avait tout arrangé en quelques jours.
Tout avait été réglé chez l'oncle notaire et le
contrat de mariage avait été signé sous le *régime de
la séparation de biens*, la fortune de Tinette devant
faire la fortune de Geneviève et de ses enfants.
Elle seule gérerait. Maîtres Rimbaud et Lucepré
avaient même dépêché, de Paris, un de leurs
clercs. Il y eut l'habituelle et plate lecture des
devoirs de l'époux envers l'épouse et inverse-
ment, et les *oui* traditionnels. Le maire-adjoint
était pressé. La secrétaire de mairie baissait la
tête. Deux autres couples et leurs familles attendaient dans le hall d'honneur, «des émigrés»,
avait dit Angeline. Et Raymond lui avait serré le
bras afin de lui signifier gentiment de se taire.
C'était tôt le jeudi. Dehors il faisait encore sombre. Les brumes du matin ne s'étaient pas encore
dissipées, cela ajoutait au sentiment de cachette
qui, malgré le brusque revirement de tous, n'était
pas sans plaire à Angeline. La famille n'avait pas
été conviée. Céleste, la veille, avait simplement

envoyé une pince à sucre, une timbale en argent et une pelle à tarte. Véronique et Martial s'étaient fait excuser. Anna était le témoin de Geneviève et Raymond celui de Julien. Angeline avait salué Anna, belle brune, gênée et néanmoins heureuse. Peureuse ou heureuse, comment savoir? Après la cérémonie, ils poseront, en groupe, en bas de l'escalier de la mairie, pour le photographe de service, Angeline et Raymond d'un côté, Anna avec Claire dans ses bras, Manuel et Germain de l'autre, Julien et Geneviève au centre, main dans la main, comme deux enfants. Ensuite ils iront à pied à l'église où, dans une chapelle latérale, le père Ouvrard bénira l'échange des anneaux. Les Flavien arriveront en retard, à cause du brouillard. «On ne voyait pas le bout du jardin, Dieu sait qu'il est petit», dira madame Flavien, et «diable sait que ma voiture n'est qu'une vieille guimbarde, comme moi», ajoutera monsieur Flavien, cravate rouge, costume du dimanche. Le père Ouvrard dira une prière à l'intention de Tinette. Le tour était joué. Après, on se séparera vite. Geneviève raccompagnera sa mère et Claire à la maison et rejoindra Raymond, Anna, Julien, les Flavien et les aînés au Café de la Paix pour un verre de l'amitié. Il fallait bien annoncer le mariage à la ville. Raymond se présentait enfin aux côtés de sa fille Anna. C'était pour lui comme un sentiment d'autre mariage. Les Flavien racontèrent qu'ils étaient toujours passés devant le Café de la Paix sans jamais s'y arrêter, «pour prendre un verre ou un rafraîchissement», «nous étions pressés» et «ce n'est pas notre genre». Anna parlait à Manuel et à Germain, on n'entendait pas bien ce qu'elle disait. C'était l'heure de l'apéritif et le brouhaha des notables, semi-notables et voyageurs de commerce d'avant le repas dominait. On allait et venait. Raymond fit signe à quelques amis avec un sourire large que Geneviève ne lui connaissait pas. Tous avaient commandé un voltaire, sauf Raymond. Geneviève parla de Tinette et des préparatifs du baptême. Chacun buvait à petites gorgées. Julien dit «je ne savais pas qu'un jour je me retrouverais ici». Il n'y avait ni joie ni reproche dans sa voix, le seul ton d'un constat que chacun pouvait se faire. Comment réunir tout le monde puisqu'ils étaient là pour les autres, y compris et surtout les absents? Il y aurait bien des «vous savez, on a...» ou des «devinez ce qui s'est passé...» Pour cela, sans doute, Angeline avait demandé à Geneviève de la raccompagner: les reconnaissances auraient une limite. Dans la voiture, elle avait dit à sa fille «même si Julien est un vaurien, il est mieux que rien, il a le mérite d'être là», et «je l'aime bien» un *bien* de trop, aurait remarqué Tinette. Et comme Geneviève, cramponnée au volant de la voiture à la manière des conducteurs débutants, se taisait, Angeline s'était mise à parler d'Anna, de Nicole, du mystère de sa vie connu de tous, porté par elle, «comme on porte son âme», disait-elle. Elle était au bord des larmes. Elle parlait même d'un «sentiment retrouvé». Elle ira jusqu'à dire «je n'ai pas été une bonne mère. Cette double vie de Raymond m'accaparait». Geneviève alors, seulement, plus seule que jamais, au volant, veillant aux bons changements de vitesse et à la bordure du trottoir, dira à sa mère «tout cela est faux», puis «vous serez fiers de Julien et de moi». Sur le perron elles s'étaient embrassées. «Je voudrais te parler longuement avant que tu me quittes définitivement», avait dit Angeline. Et Geneviève n'avait pas pu s'empêcher de répondre «c'eût été toujours trop tard». Angeline avait promis de «bichonner» Claire. «Tant que je l'ai...» De retour vers la ville, Geneviève s'était dit qu'elle vivrait sa vie en temps voulu, une seconde chance lui était donnée d'inaugurer et elle arracherait Julien à ses rêves les plus fondés et insensés à la fois. Avant de se rendre au Café de la Paix elle était entrée dans une boutique de mode et avait acheté un foulard de soie multicolore afin de l'offrir à son témoin, Anna, et de mettre un peu de gaîté dans ce jour de cérémonie. Anna avait eu le rouge au front en défaisant le paquet. «Il faudra venir nous voir, tu es notre sœur.» Si tout cela était trop dit, trop ne valait-il pas mieux que pas? Ce cadeau à Anna, «quelles belles couleurs», avait dit madame Flavien, Raymond l'avait reçu comme un hommage et une gratitude. Julien, au milieu de tous, essayait de comprendre ce qui se tramait à chaque mot et où se terrait un drame, un de ces drames qui lui fit dire «nous avons fait notre temps, ici, dans ce *café*. Il est temps de nous séparer pour mieux nous aimer». Raymond avait raccompagné Anna. Les Flavien avaient insisté pour un repas, «le dimanche prochain ou le dimanche suivant». Julien et Geneviève avaient décidé d'aller sur le chantier de la maison avec Manuel et Germain. «Dépêchons-nous, il faut acheter des bottes en caoutchouc. Nous les laisserons dans le coffre de la voiture.» Les adieux, devant le Café de la Paix, avaient été joyeux. On les observait, leur joie était spontanée, cela ne ferait aucun doute. À cette heure-là, Suzanne achevait le ménage de la chambre partagée avec Sylvain et prêtée une nuit à Tinette. De la fenêtre ouverte, on ne voyait même pas couler la Jabeuse, la brume ne se lèverait pas, c'était vraiment la fin d'un automne, leurs trois collégiens étaient demi-pensionnaires, Sylvain rentrerait bientôt de l'hôpital et donnerait des consultations jusqu'à la nuit tombée. Suzanne avait tout l'après-midi pour préparer le repas du soir. Ainsi concevait-elle la friande organisation de ses journées. Au dîner, elle parlerait à Sylvain de la visite du père Ouvrard, «ce Julien, je le connais de réputation, c'est un dangereux illuminé. Ça l'aurait, m'a-t-on dit, pris à la mort de ses parents». Ainsi, tout redevenait conforme à la nécessaire douleur d'être ensemble et Suzanne fille si *naturelle* d'un frère Volard n'était pas sans se réjouir du mal qui courait encore et des conflits qui en découleraient. À cette heure-là, Véronique surveillait la jeune femme qui faisait le ménage chez elle. «Encore une qui ne restera pas longtemps», pensait-elle, sans admettre que sa seule présence les faisait fuir toutes. À les surveiller, elle se sentait d'un rang dont elle rêvait. Un jour Martial serait député, député-maire, et pourquoi pas ministre, mais ministre de quoi? Elle s'était laissée aller au songe de jours en principe fastueux afin d'oublier le mariage de sa sœur, ce qu'elle appelait «la trahison des parents». À cette heure-là, Céleste prendra place à table, face à son brave inspecteur des impôts dont elle avait vainement attendu tant et tant d'années une promotion et, qui sait, une mutation. Il dépliera sa serviette comme à l'ordinaire, le journal du jour à portée de la main, pour se cacher derrière au moment du café et continuer à ne rien dire. Céleste tombera d'un coup, mains à plat sur la nappe, cassant de son front l'assiette à soupe qu'elle allait remplir, rite. Morte. Quelques minutes plus tard, le beau-frère, médecin à la retraite, confirmera «arrêt du cœur, une belle mort». «C'est la série», dira le beau-frère notaire. Le beau-frère Lestaing enverra une de ses employées porter dare-dare son costume noir au pressing habituel. Au téléphone, Angeline répondra «je ne peux pas me déplacer, je garde Claire et Raymond n'est pas là». Le résultat fut immédiat, c'est là, chose qui ne s'explique pas mais se constate: les Volard se mirent à tenir Angeline, son époux et Geneviève pour responsables de tous les malheurs qui arrivaient et leur arriveraient. C'en était trop. De la génération d'Angeline, de la lignée Volard autant que par alliance, ils étaient pourtant en âge assez avancé pour pouvoir envisager l'ultime échéance à laquelle, par fierté ou bien amassé, ils n'avaient pas songé jusqu'alors. Tinette avait dit un jour «vous vivez dans cette ville comme dans un abri et ne vous nourrissez plus l'esprit que de vieilles pensées, celles qui font croire au droit chemin. Je n'accuse ni n'excuse. Je me sens bien, loin de vous, avec mon amour mort-né et mes connaissances que vous jugez inutiles». Le curé de Saint-Martin-la-Garenne, un village situé à deux lieues à l'est de *La Cisaille* où les parents de Julien avaient eu des entrepôts et même des employés, n'avait-il pas dit au père Ouvrard, cette buse qui disait la messe en français mais tenait à sa soutane comme à une relique, que Julien était «presque fou», ce *presque* était pire que tout. À l'enterrement de Céleste, tous se rendirent. Ils furent près d'une centaine au cimetière. Même Sylvain et Suzanne s'étaient déplacés. Ne serait-ce que pour voir le nouvel arrivé dont on disait aussi qu'il avait «un bon fond», mais tout de même. Dans la foule des enfants et petits-enfants des cinq sœurs Volard, notables et meilleurs élèves du collège et du lycée, Geneviève et Julien avaient senti qu'on les épiait, qu'il y avait du mauvais œil dans l'air, cette volonté de créer encore des coupables de toutes pièces afin de ne surtout pas s'interroger. Angeline, de son côté, s'était offert un manteau noir tout neuf et en regrettait déjà le prix. À peine se retrouvait-elle l'aînée des dernières Volard, un rôle dont elle avait rêvé si longtemps, qu'on l'observait avec une étrangeté dont elle connaissait l'encre du regard, et le trait de la bouche. Elle se serrait contre le bras de Raymond et c'était désormais comme si elle avait choisi plus de délibérée provocation. Quelqu'un dira «il ne manque plus qu'Anna». «Qui?» «Sa fille, ne fais pas l'étonnée.» Martial et Véronique s'étaient nettement tenus à l'écart des leurs, sur le territoire des autres. Quelqu'un conclura, «en fait, Céleste est morte de chagrin comme d'autres meurent de honte», assez fort pour qu'Angeline l'entende. Le *malin plaisir* ainsi défini par Tinette régnait à nouveau: il fallait du drame et de la menace, il régnerait un silence tel que le mensonge n'aurait plus lieu, œuvrerait cette fascination de la faute et de l'échec qui perdure d'âge en âge. Depuis leurs retrouvailles, Geneviève et Julien ne s'étaient que peu parlé. À peine lui avait-elle raconté le baptême, la mort de Tinette, l'héritage, l'été et les balades, le choix de la maison, grande, «tu vois je vous attendais tous les trois». Chaque soir Julien rentrait à Saint-Martin-la-Garenne avec Manuel et Germain. Il avait été convenu que le vrai jour de leur mariage serait celui de l'entrée dans leur maison achevée. Le gros œuvre était fait. Il faudrait attendre encore trois semaines. Ce délai leur convenait tant ils avaient à mesurer l'exploit de leur passé à celui de leur avenir. L'aventure continuait. «Ils nous ont eus», «ils nous ont», répétera Geneviève à Julien. Si tel cousin ou telle tante refusait le bonjour à Julien, ne serait-ce que tendre la main, Geneviève ne se fâchait pas. Manuel et Germain se tenaient près d'eux comme des soldats de plomb, pèlerines nettes, cache-cols noués sous le menton, casquettes assorties à la main. Circuleront des «ils ressemblent à Geneviève!»,«pourvu qu'ils ne tiennent pas de leur père», «ce n'était pas vraiment le jour» ou «il y a pourtant des pancartes *interdit aux nomades* à l'entrée de la ville». Tout est dicible quand la famille éperonne, tout est possible quand la famille se cabre. Geneviève et Julien renoncèrent aux salutations. Julien dira «était-il nécessaire que je vienne?» De retour à la maison, sur le perron, ils trouveront un petit paquet des Bouillard à l'attention de *Claire Brabant.* «Il faudra que je les prévienne», glissera Geneviève. «Reste Brabant», répondra Julien. Dans le paquet, des livres d'images que Geneviève donnera à Manuel et Germain, «vous avez été parfaits». «C'était quoi, là-bas?» demandera Manuel. «C'était la ville des morts», répondra Julien. «C'est quoi, les morts, papa?»

17.

«C'est plus fort que moi», murmura Julien à Sylvain Lherbier, son cousin le docteur, «je répands non pas la vérité, mais une vérité à laquelle je ne crois même pas.» Il y a du désordre dans le bureau de Sylvain, un accrochage disparate de toiles plus ou moins érotiques, de livres empilés et d'objets hétéroclites. Julien a pris rendez-vous huit jours auparavant. Dehors, il fait nuit. On entend couler la Jabeuse ou bien est-ce le vent, encore le vent? La Jabeuse coule dans un sens et le vent vient de l'autre, comment faire la différence? En écoutant ses patients, Sylvain se l'est souvent demandé et n'a jamais trouvé de réponse. Par superbe, humour ou fierté, il s'est seulement dit que parfois les deux se heurtaient et se brassaient juste devant la porte de «sa maison». C'était là chose fantasque à laquelle il préférait ne donner aucune importance, comme s'il avait craint pour lui-même, sa raison et sa volonté de guider les autres, «je ne peux rien pour vous, Julien, et quand bien même le pourrais-je, je me l'interdirais, car je suis qu'on le veuille ou non votre cousin et vous êtes, je le veux, Suzanne et moi le voulons, le nôtre. Voici l'adresse de mon confrère Georges Dublin. Je lui annoncerai votre visite si vous le souhaitez. Je ne peux rien faire d'autre. Je ne pouvais rien faire d'autre pour Geneviève. Je le lui ai dit. Elle se porte bien, ai-je eu tort?» Les coudes sur la table, les doigts croisés sous le menton, Sylvain observe son nouveau cousin qui a pris place sur le rebord d'une chaise, de l'autre côté du bureau, «je vous ai observé à l'enterrement de tante Céleste. Force est d'avouer que Suzanne et moi y étions allés pour vous voir. Vous étiez l'attraction, ce qui attire et ce que l'on repousse. Et je fais, à mes heures perdues, un travail sur notre ville et sa tribu, ce qui se perpétue, ce qui est perpétuel, ce qui est inévitable. Je vous fais là de presque affectueuses confidences. Disons qu'elles sont cordiales et de bienvenue. Mon métier est de me taire. En vous parlant, maintenant, je vous salue et je vous écoute. Au cimetière, Suzanne m'a dit *il est robuste, ce type-là, Geneviève a bien fait de le suivre.* Il faut parfois s'en tenir aux premières impressions. La mienne fut vive et carrée. Vous avez encore beaucoup de chemin à parcourir avec Geneviève, tout comme Suzanne et moi ne faisons aucune halte même si, en apparence, nous sommes rivés à cette maison et à cette ville. Ils ont besoin de nous, Julien, pour être ce qu'ils ne deviendront jamais. La douce France est un fossile. Ils ont besoin de nous pour pouvoir désigner, ça leur dégourdit les doigts. Vous n'êtes pas plus fou qu'un autre. Vous avez seulement la tête dans les étoiles et vous savez leur nom. Le seul fait que vous me rendiez visite invite à une confiance que vous vous devez d'avoir en vous-même. Il vous faudra sans doute également, un régal après tout, éveiller Geneviève, lui donner pleinement son rôle à jouer et, si c'est difficile, laisser aux enfants le soin de vous réunir et de vous conduire. C'est ce que Suzanne et moi faisons avec les nôtres s'il nous arrive de douter.» «Je suis fou», répète Julien. Sylvain baisse les yeux, «je ne veux pas regretter de vous avoir parlé, ni regrets ni couronnes, je voudrais vous voir sourire. Si Dieu vous tarabuste, tarabustez-le, répondez à des questions par des questions, matez-le. C'est un mécréant qui vous le conseille. Il n'y a plus de place pour lui. Ne cherchez pas à lui en faire une». Il y a des bruits de pas feutrés dans la maison, un bourdonnement de murmures, un frisson dans l'air ambiant. Les enfants sont revenus de l'école, ils ont fait leurs devoirs et appris leurs leçons, ils se préparent pour le repas du soir. «J'écris», murmure Julien, «j'écris tout ce qu'il me dit de dire, j'écris sous sa dictée et il m'inspire encore. Je crois qu'on peut refaire le monde et cette ville. Je ne veux pas de moi, je me veux tous et chacun, je suis nombreux et je suis seul, cela ne me quittera pas de sitôt. Au cimetière, Geneviève avait les mains froides. Je n'ai pas su encore l'aimer. Mon corps est là, je suis ailleurs en éclaireur. J'ai vraiment cru qu'elle avait fauté et que je ne pouvais avoir d'elle que des fils. Je le crois encore. C'est fou, dites-moi que c'est fou?» Sylvain sourit . Julien baisse les yeux. Sylvain rit de bon cœur. Julien se lève, «vous vous moquez de moi», «certes, un peu, et de nous tous par la même occasion». «J'ai besoin d'aide.» «Dublin vous aidera. Qui sait? Moi je suis le cousin, que vous le vouliez ou non. Je le préviendrai sans lui donner aucune impression. Il vous prendra au sérieux. Il aime ses clients. Moi, je m'aime de moins en moins. Plus j'avance dans mon étude, plus il me paraît impossible de formuler le sujet, de cerner le clan, de surprendre le moment où chacun se cache, où chacune recule, où l'ensemble fait front. Si vous me laissez parler, vous allez me croire plus fou que vous. Après tout, ce serait tant mieux. Essayons. Quand un oncle ou une tante de Suzanne

nous rendait visite, à la première remarque vi-
ciée, dès que le ton devenait aigre-doux je leur
disais d'aller voir chez eux si j'y étais, comme un
enfant, je les traitais comme à l'hôpital quand un
malade se met en situation, joue au malade, alors
je pointe du doigt la sortie: allez-vous-en, laissez-
moi tranquille. Je feignais de les ignorer, alors ils
partaient et ne revenaient jamais. Suzanne et moi
avons fait le vide autour de nous. Tout ce qui nous
parvient, c'est la rumeur, des coups à nos enfants
quand ils obtiennent la première place, la loi des
petits cousins qui reproduisent l'ordre souverain
des familles tenancières de je ne sais trop quels
destins. Je me souviens de vos parents. Ma mère
leur achetait le lin de toutes mes chemises de
nuit, le fil blanc, les aiguilles à grosse tête et pour
elle des boutons et parements. Mes nuits d'enfant
sont donc passées au mètre entre les doigts de
votre mère. Rien que pour ce détail, je ne peux
pas accepter de vous aider. Dites-moi que Geneviève vous attend dans la voiture avec vos aînés,
sur le quai de la Jabeuse?» «C'est exact.» «Et ils
ont froid.» «Ils ont froid.» «Et vous n'avez pas osé
vous présenter tous ensemble.» Sylvain soupire,
dodeline de la tête, met ses lunettes, les quitte,
hésite, joue avec une gomme. Dans l'entrée, le
téléphone sonne, c'est Suzanne qui répond à mi-
voix. Julien dit «nous comptions sur vous pour
nous aider à choisir les meubles de la maison». Il
y eut un silence. Julien murmura «on laboure
pour chercher le lieu, où? Où gît le trésor?»
Julien s'approche de la fenêtre et regarde le quai,
«au fond de la faille, quand le sol trembla et
s'ouvrit sous le coup de la foudre, un berger,
autrefois, descendit pour découvrir un géant mort
et nu couché dans un cheval de bronze, tombe où
il vola un anneau qui le fit invisible et roi...»

Julien revient vers le bureau, «j'ai mis au monde mes trois enfants. Pour le troisième, c'est le solcil qui est sorti du ventre de Geneviève et il me brûlait les doigts. J'ai fui en quête d'un désert où Manuel, Germain et moi serions morts de soif». La lumière de la lampe du bureau est basse. On ne voit que le dessus de la table sur laquelle Sylvain pose ses mains à plat, le signal du départ? «M'avez-vous écouté, Sylvain?» «On n'écoute que soi, Julien.» «J'insiste, aidez-moi.» «Dublin sera parfait.» «Parfois, Sylvain, je me demande où je vole, qui je vois, ce que j'ai fait et pourquoi je reviens.» Dans l'entrée, Sylvain montre la direction de la porte à Julien, «nous nous posons tous les mêmes questions. Gare à ceux qui donnent des réponses. Et gare à ceux qui persistent à les poser. Cousin, j'ai trop parlé». Sur le quai il accompagne Julien jusqu'à la voiture, il fait signe à Geneviève, elle sort, fait sortir Manuel et Germain, ils s'embrassent, ils ne se disent rien que d'ordinaire, «vous auriez dû entrer», «nous avions peur de vous déranger. Embrasse Suzanne de ma part». Il y aura un «à bientôt nous revoir» de Sylvain puis des petits signes d'adieux. Geneviève au volant dira «il faut que je m'habitue à conduire de nuit». Julien murmurera «alors, il a dit non». Ils feront un dernier signe à Sylvain en passant devant la maison.

18.

Lettres de Geneviève, «le 3 décembre. À monsieur et madame J. Bouillard. Chers amis, maladroite au courrier, vous ne lirez ici que des états d'âme. Des faits également. Pardon si tout se mêle un peu. Je n'ai pas de mémoire nette et présente. Petit à petit, je recompose. Incapable de composer avec qui que ce soit, pas même avec moi-même. C'est déjà bien compliqué. Voici trois fois que je commence cette lettre. Je décide à ce mot, à cette ligne, de continuer coûte que coûte au risque de vous paraître confuse. D'abord merci pour les beaux livres. Ils feront le régal de Claire dès que je pourrai lui montrer des images. Ils font d'ores et déjà le bonheur de mes deux aînés, Manuel et Germain, dont vous trouverez ci-jointe la photo. À côté d'eux, c'est Julien, mon époux. Nous nous sommes mariés il y a un mois aujourd'hui. Oui, il est revenu avec mes petits. C'est ça la nouvelle de la lettre. J'ai donc tardé à vous écrire afin de vous remercier et de vous prévenir. Julien est donc là. Je ne parlais pas de lui parce que je n'attendais que son retour et ne voulais pas qu'on l'accuse de m'avoir abandonnée. L'histoire de deux ne se raconte pas. Elle ne se comprend pas non plus ou alors elle est fausse. Vous dire que je comprends moi-même ce qui m'arrive depuis des années, depuis toujours, serait injuste. Je sais seulement que nous sommes réunis, que *la maison de Tinette*, c'est ainsi que je l'appelle, sera achevée dans quelques jours et que nous vous y accueillerons avec vos petits, aux premiers beaux jours de l'an prochain, pour un séjour, pas pour une halte, promis? Voilà de quoi vous faire relire cette lettre vingt fois. Tinette disait des Volard qu'ils aimaient les coups de théâtre, en voici un de plus. Or, je ne sais rien de moi-même, rien de ce qui est arrivé et si peu de mon Julien. Il se croit fou, fou de Dieu, l'élu. À bien l'écouter s'il parle aux autres, je me dis qu'il est robuste et sain, franc, et qu'il a de la pertinence. Me voici donc à nouveau dans la paume de ses mains. Il me boit comme l'eau de la source. Je sais que mes enfants sont beaux et que la maison sera tenue comme il faut. Le reste appartient aux autres, ce qu'ils imaginent, ce qu'ils dénigrent, ce qu'ils ne veulent pas admettre. Monsieur Bouillard, je vous remercie de votre compagnie à la terrasse du Café de la Paix quand vous m'avez confié votre prénom. Je vous téléphonerai dès que la ligne de la nouvelle maison sera branchée. Je serai peut-être meilleure à parler qu'à écrire. Les mots écrits pourtant ont de la voix. J'attends le jour de votre visite. Vous me donnerez des conseils pour le jardin. Je suis sûre que vous savez tailler les rosiers. Vos enfants joueront avec les miens. Je vous embrasse. Ginou.» Geneviève a peur de relire la lettre et de la jeter. Elle craint de savoir ce qu'il y a dedans, tout comme elle redoute de revivre ce qu'elle a vécu, le pourquoi et le comment. Elle rédige l'adresse sur l'enveloppe, elle cachette en vitesse et timbre. Elle est seule dans sa chambre de jeune fille, avec Claire. C'est la nuit. Julien est à Saint-Martin-la-Garenne. Ils ont trouvé de beaux meubles dans le grenier de la maison de ses parents, des cartons de draps, de la belle toile rugueuse. Julien est-il en train d'écrire encore, lui aussi, pendant que Manuel et Germain dorment tête-bêche dans son lit d'enfant? Geneviève prend une autre feuille. Elle écrit, «nuit du 3 au 4 décembre. Chère Véronique. Un regard de toi et nous aurions fait la paix. Ce regard, je te le demande. Tout se cicatrise, si on le veut. Il y a des jours où je me dis que la rancune, la perversité et la haine auraient pu m'épauler si j'avais été en mesure de les admettre et de les vivre. J'attends un signe, un petit signe de toi, même et surtout si tout te crie de ne pas te pencher sur moi. On ne choisit pas sa vie. On la prend telle qu'elle se présente. On fait avec. On se laisse entraîner et, si cela est possible, on tient compte également du paysage des autres. J'imagine et je conçois tes aspirations et tes colères. Ce ne sont pas des jalousies. C'est ton langage, et celui de Martial, voilà de quoi imposer le respect. Votre vie, en soi, est une réussite. La mienne doit et peut le devenir, à sa manière folle. Ah, si nous avions pris le temps de nous parler un peu et si vous acceptiez d'écouter malgré tout Julien. Un instinct fait rempart et te sépare de moi. Si je savais au moins ce que tu veux conserver, et quelles sont les valeurs que tu célèbres aux détours de toi-même, quand ton regard s'esquive et plonge en toi. Quelles sont tes caches? Je t'observais de mon lit d'hôpital, j'étais loin et tu étais lointaine, enfouie, blessée, par quoi et par qui? Dis-moi le mauvais tour que t'a joué la vie? Où et quand tout a commencé? Nos poupées d'antan sont désormais nos enfants. Il est encore temps de nous dire l'indéfectible, l'inévitable: nous sommes sœurs. Qu'ai-je fait pour te froisser ainsi et que tu t'octroies je ne sais trop quel droit d'aînesse, à seule fin de jouer encore avec moi à la poupée cassée? Pourquoi reprocher à nos parents de m'avoir recueillie et d'avoir accueilli Julien? La ville est entourée de remparts. C'est encore l'état de siège. J'arrête. Je me tais. Tu ne recevras pas cette lettre. De guerre lasse...» Geneviève, cette fois, se relit et déchire la lettre. Elle dit à voix haute «je t'aime, tu le sais», puis «il n'y a rien à faire». Elle jette les bouts de papier dans la panière, sous son bureau. Elle ira tout flanquer demain, dans la poubelle, en bas, et veillera à ce que les débris du message soient bien recouverts. Elle réfléchit. La tête lui tourne. Elle se sent comme une nausée et une fièvre. Elle prend une autre feuille et écrit, «le 4 décembre, très tôt le matin, sans doute parce que je ne dors pas, chère Anna. C'est vers toi que je me tourne en inespoir de cause. L'*inespoir*, c'est une expression de Tinette qui dit bien ce qu'il peut y avoir de vif dans l'inattendu, et de volontaire dans la compassion. Une mort rôde dans nos vies dont je ne veux pas. Alors je te fais signe. Tu es ma sœur, la sœur d'un mystère et d'un autre amour. Je me sentais ridicule quand je t'ai rendu visite avec notre père. Il était fier de cette rencontre. Il y tenait. Tout comme je fus fière de te demander d'être le témoin de mon mariage. Enfant, ce jour-là, tu m'avais montré ton trésor de jouets. Tu voulais tous me les donner, te le rappelles-tu? Je savais que je devais rentrer chez moi les mains vides. Avec un secret. Un ardent secret qui nous séparait et qui devrait désormais, tant bien que mal, inviter à nous connaître ne serait-ce qu'un peu, et un c'est désormais beaucoup. Viens nous voir à *la maison de Tinette*. N'aie pas peur si Julien raconte des histoires farfelues. Je m'aperçois que je te dis *tu* quand au mariage tu me disais *vous*. Je vais certainement trop vite en besogne demanderesse. Tu veux peut-être rester là où tu es en me laissant là où je suis. Ainsi la loi des silences opère et s'impose à notre esprit défendant. J'aurais tant voulu mieux te connaître». Geneviève quitte la lettre, ne la relit pas et la déchire. Il n'y a pas de colère dans ce déchirement. À quoi bon faire l'inventaire des peines perdues? Elle reprend une feuille, «le 4 décembre. Pleine nuit. Pleine lune. Cher papa. Je suis à mon bureau. Tu dors dans la chambre voisine. Il me prend de t'écrire quand si souvent nous ne savons même pas nous parler. Dans quelques jours, je ne serai plus ici, ma famille sera donc réunie. Je veux te remercier car la souffrance de l'un fait parfois le bienfait des autres. Je te dois l'accueil qui a été réservé à Julien. Je glisserai ce petit mot sous ton oreiller, le matin de mon départ, afin de te dire merci. Le merci devrait encore avoir de la faveur. Je suis assourdie par ce qui s'est passé depuis des années, incapable de faire le tri dans ma tête, de mesurer, d'évaluer. Je ne fais que le cri. Alors j'écris. Je t'écris. Je ne joue pas avec les mots. Il y a déjà trop de jeu dans cette ville et dans notre famille. J'appelle ci et là et je me dis que cela ne sert à rien. J'attends des jours plus doux, autant pour toi que pour moi. Est-ce possible de rêver encore à une douceur, fût-elle passagère, éphémère, furtive? Je crois terriblement en toi. J'ai de la gratitude». Stop. Les mots ne chaussent plus les sentiments, ça piétine dans la tête de Geneviève. Encore une lettre pour la panière. Elle prend une autre feuille, «4 décembre. Milieu de la nuit. Chère Angeline, chère mère. Je sais tes rigueurs et tes acharnements. Je sais ta discipline et ta fidélité. Je sais la peine que j'ai pu te faire et le bonheur que je rêve de trouver encore. Puisque parler nous coupe les uns des autres, je te remettrai ce petit mot le jour de mon départ. Il faut que tu saches que j'ai aussi peur de moi-même que de te laisser seule. Seule avec notre père, un père divisé. Seule dans cette maison où le marbre efface les pas et les murmures, je n'aime pas te voir endormie devant la télévision, livrée à des songes dont tu ne me fis jamais la confidence et à des comptes que tu t'interdis de régler. Comme j'étais contente, au retour de Julien, de voir l'accueil prendre si vite le pas sur la colère, et elle était justifiée. Je sais si peu de Julien. Aussi ne pourrais-je jamais t'en parler. Sylvain refuse également de le soigner. Il a commencé ses visites chez le docteur Dublin. Mais je ne crois pas...» Geneviève tire un grand trait sur la lettre, la plie, l'embrasse, en fait une boule et la jette. Elle reprend une feuille, «4 décembre. Cher Sylvain. J'attendais devant la porte dans la voiture. J'attendais que tu dises *oui* et j'avais peur de vous déranger. La moindre parole dérange. Je respecte cette distance que Suzanne et toi avez prise. Cela devrait nous inspirer, Julien et moi. D'où viennent la marge et le dépit? D'où vient que ça ne parle que là où ça souffre? J'aime ta franchise. Elle me rappelle notre gaîté à tous quand nous nous rencontrions chez Tinette. Tu te moquais toujours de mon peu de coquetterie. Suzanne était bien jolie et je ne prenais pas soin de moi, c'est tout. Tu servais là mon orgueil d'être différente, telle qu'en moi-même et déjà en fuite. J'ai peur de ton ami le docteur Dublin. Je sais où conduit le désir de ne pas être ce que l'on est. Il me suffit d'observer cette ville et son creuset, notre famille et ses coutumes. J'ai l'âme en friche. L'*âme*, c'est un mot du langage de Julien, pas du tien. J'avais terriblement envie d'entrer chez vous. Ne serait-ce que parce que vous tardiez et que mes fils avaient froid...», Peine perdue. Lettre à nouveau déchirée. Geneviève se souvient de Tinette quand elle parlait d'*abordage*, on revient à l'assaut, on s'obstine, on se cogne à la vitre, on persiste et on ne signe pas. On n'arrive jamais à tout dire, ou dire ne serait-ce qu'un peu. Et c'est déjà trop, on recule et on arrête. Et on recommence. Tout cela, Geneviève le pense. Elle n'a pas fermé les volets. Le ciel est dégagé. La lune décline déjà. Geneviève ne veut pas réfléchir. Si elle écrivait son histoire il y aurait tout et trop, autour, pas l'essentiel. Elle aurait de la douleur au ventre, une hystérie, comme une naissance. Elle ne le supporterait pas, une fois de plus. «4 décembre, le matin sera beau. Mon bon Julien. Quelle idée de t'écrire alors que je vais te voir tout à l'heure! Nous avons tant à faire encore pour les derniers préparatifs de notre maison. Depuis ton retour et même depuis nos années, je n'ai jamais pu vraiment te parler. Est-ce le ravissement de la Jabeuse alors que tu n'osais pas encore me prendre par la main? Dieu - qui est-ce? pourquoi t'a-t-il choisi toi plutôt qu'un autre? - nous a ramenés au point de départ. Je serais tentée de dire que c'est ici, en rond, la ronde, qu'il y a le plus de chemin à parcourir, tentée seulement car je te sais trop à vif, capable de me croire si enfin je te parlais, alors que je souhaite de tout mon corps abandonné, nul reproche, et de tout mon cœur acquis et conquis, que tu taises les histoires qui te hantent, les projets qui te harcèlent, les certitudes qui te font me fermer les yeux quand je devrais les avoir grands ouverts, avide que je suis de toi, curieuse que je deviens de nous. C'est toi qui as choisi le berceau de Claire: il est bleu, je n'ai rien dit. Pour ma naissance aussi, paraît-il, on n'avait prévu que de la layette bleue. Je n'ai jamais pu devenir la petite fille que je suis encore, attendant qu'on la prenne pour autre chose qu'un garçon manqué. Mon Julien, tu n'as pas besoin d'aller chez ce docteur Dublin comme d'autres, dans cette ville, vont au Café de la Paix pour oublier de vivre la vie qu'ils vivent. Tu me fais peur. Je n'ai pas besoin de savoir qui tu es. Je te veux simplement hors de danger. Parle-moi un peu, pour de vrai». Geneviève lâche le stylo. Il roule sur le bureau, tombe par terre. Elle a un mouvement d'humeur, sans le vouloir. Elle a esquissé comme un geste de salut lointain en oubliant qu'elle était en train d'écrire. Papier froissé, papier jeté: elle a décidé de faire confiance au temps. Elle ramasse le stylo. Elle le remplit d'encre. Elle essuie la plume à un buvard. À qui peut-elle donc s'adresser? Elle prend une autre feuille, «le 4 décembre de l'année de ta naissance. Chère Claire. Quand tu trouveras cette lettre, il sera toujours trop tôt...», elle renonce, hésite, s'acharne, prend une feuille vierge, «4 décembre, l'année de nos retrouvailles. Chers enfants, mon beau Manuel, mon beau Germain. Étiez-vous là, dans la grange, quand votre petite sœur est née? Que vous a dit votre père, après, quand il vous a emmenés? Quel chemin avez-vous parcouru sans moi? Quelles nouvelles histoires vous a-t-il racontées? Méfiez-vous de cette ville où toute joie doit être vécue en chagrin, où tout vire au drame anodin, perpétuité d'appels sourds. Je vous écris comme à des adultes. Si vous pouviez rester le plus longtemps possible les enfants de tous les émerveillements...» Stop. Geneviève est décontenancée, avide, déçue. Tout cela ne sert à rien, or tout cela s'impose. Au hasard des mots, son histoire peut-être se dénouera. «4 décembre. Un peu avant l'aube. Cher Ouvrard. Pourquoi fait-il si froid dans votre église? Pourquoi fait-il si sombre dans votre baptistère? Pourquoi avez-vous choisi une chapelle latérale pour la bénédiction de mon mariage? Pourquoi ne nous avez-vous pas regardés, Julien et moi, lors de l'échange des anneaux? Quelles histoires racontez-vous que vous aurait contées le père Duperche de Saint-Martin-la-Garenne? Pourquoi vos histoires seraient-elles bien fondées et celles de Julien pas? Pourquoi votre soutane est-elle si sale et vos prêches si hors de la réalité de la ville? Je ne vous reproche rien: et si vous deveniez ce que vous êtes? Vous nous serriez bien fort contre vous après la confession». Geneviève sourit. Elle ne prête déjà plus attention à ce qu'elle écrit. Tout se redit, tournoie dans sa tête. Elle sourit parce qu'elle n'a vraiment personne à qui parler. C'est décidé, elle écrira au docteur Dublin et, cette lettre, elle l'achèvera, «4 décembre. Cher docteur. Ainsi donc Julien se livre à vous. Il n'est pas dangereux. Le danger, c'est vous. Julien a besoin de ses soifs, de ses élans, de ses visions, de ses dictées. Il a besoin d'une servante. C'est elle qui vous écrit. Laissez-lui ses folies, ses rêves et ses cahiers. Ne le décapitez pas...» À quoi bon? Mission perdue d'avance. La panière se remplit. Déjà à l'est les premières lueurs de l'aube. «4 décembre. Le jour se lève. Chère Tinette. Je sais que tu es debout et que tu lis ce que je t'écris au-dessus de mon épaule. Je sais aussi que si je me retourne tu disparaîtras dans l'instant. Je sais aussi enfin que je te dois tout, l'inexemple, l'irrespect, l'indifférence que pare le silence quand on sait qu'il n'est plus besoin de frapper aux portes, de clamer, alerter, inviter. Je suis *inespérément* seule avec Julien et nombreuse avec nos enfants. Merci Tinette, pour cet argent, il gouverne, il est le rempart de ma vie. Il impose. *La maison de Tinette* vivra...» Cette lettre, Geneviève la relit, tendre illusion. Elle dodeline de la tête. Pour sortir du labyrinthe de sa nuit, une seule issue: elle-même. «4 décembre. Le jour se lève enfin. Chère Geneviève. Il n'y aura que les sots pour penser que tu t'aimes trop. Pourquoi attends-tu des autres ce qu'ils ne te donneront jamais ou ce qu'ils te donnent sans que tu t'en rendes compte? Que te faut-il de plus que ce que tu es et ce que tu as? N'interroge pas, n'interroge plus. Ce n'est même pas la peine que je t'écrive. Les êtres humains ne s'écoutent pas, ne se lisent plus: ils se surveillent. Si Julien n'entre pas sur ton territoire, contente-toi d'offrir à tes enfants ce que tu crois que l'on ne t'a pas donné. Ouvre ta porte à qui viendra. Et surtout n'attends plus personne. Il n'y a plus de temps pour les prières.» Geneviève ne postera que la lettre à monsieur et madame Bouillard. Il fait jour. Elle donne le biberon à Claire. Julien et les aînés ne vont plus tarder. Dans moins d'une semaine, ils seront réunis à *la maison de Tinette,* un nom de maison que Julien n'aime pas, mais il ne l'a pas dit. Les Flavien viendront avec un arbre, «décembre, c'est la bonne époque, il faut les élever à la dure». Julien a mis en vente la maison de ses parents, les ateliers et le stock. Il veut avant tout «guérir». Sous le bureau, la panière est pleine de lettres déchirées. Geneviève a fait le tour d'elle-même. Elle se sent prête à affronter.

19.

Les Flavien apporteront trois cerisiers, de la bonne terre, un râteau, une pioche, une pelle et un arrosoir. «Il faut toujours planter par trois, en triangle et à cinq mètres les uns des autres, c'est le signe de l'accueil, et puis on est toujours trois quand on est deux, ainsi les arbres en grandissant, voisinent, se saluent et se parlent.» Madame Flavien précisera «les cerisiers ça fleurit peu de temps, mais vous verrez au printemps», et «dans cinq ans, ils donneront. On ne plante jamais les fruitiers assez tôt». «Au travail», dit le père Flavien. Il commença à piocher, «votre terre est calcaire, les cerisiers aiment ça». Un tour l'un, un tour l'autre, Julien l'aidait. *La maison de Tinette* avait l'air posée comme un jouet, sur un dallage, en haut d'un mamelon. Manuel et Germain faisaient des tas de pierres. Le père Flavien leur avait dit en arrivant qu'il fallait «libérer la terre pour qu'elle respire, et l'herbe poussera». Julien ne disait rien, gardait un sourire fixe dont Geneviève savait qu'il n'était pas seulement de politesse, ou bien ne voulait-elle pas s'inquiéter de cette fixité. «Il faut creuser profond, profond», répétait le père Flavien, «on croit toujours que c'est assez, mais la bonne terre est en-dessous. Alors les racines se frayent un chemin.» Geneviève pensa que dans le verbe *frayer* il y avait de la *frayeur*, celle des profondeurs. Le dimanche était beau. La maison était achevée. Les mille et un détails de finition accaparaient. Manuel et Germain étaient inscrits à l'école maternelle du village voisin, Germain avec dispense d'âge, mais Geneviève ne voulait pas séparer les deux frères. Elles les conduirait le lendemain pour la première fois, le matin, et les reprendrait le soir. Elle s'était dit que c'était «bien ainsi» et qu'ils vivraient d'autres histoires. Dans la maison, Geneviève avait sa chambre, au premier, en façade. Les deux autres chambres étaient occupées; l'une par les aînés, lits jumeaux en merisier, dessus de lits en toile bleu marine, placard à jouets et petits bureaux; l'autre par Claire, berceau bleu, couette bleue, papier peint à motifs de myosotis. Au-dessus du berceau, Geneviève avait accroché, encadrée, la lettre de Victor Hugo. Julien, lui, avait pris une des deux chambres du bas, «ainsi, je ne te dérangerai pas la nuit quand j'écris» et laissé l'autre aux éventuels amis de passage. «Vous êtes bien songeuse», dira madame Flavien à Geneviève alors que leurs deux hommes jetaient du terreau au fond des trous. «Je voudrais être sûre de tout», répondit Geneviève, «depuis que Julien voit le docteur Dublin, il écrit toute la nuit. Il a déjà demandé à l'entrepreneur un devis pour percer une porte dans un mur de sa chambre et se faire un bureau du garage.» «Bonne idée. Faites-en aussi une serre pour l'hiver. Je vous montrerai comment on fait des boutures. Dans deux ans, on ne vous verra plus de la route. Surtout laissez les ronces du fossé, pas de clôture, de la verdure.» Le père Flavien demanda alors à Geneviève si elle avait de vieilles sandales de cuir, «il faut les avoir portées. Pour le reste nous avons tout ce qu'il faut. Les outils, c'est notre cadeau de pendaison de crémaillère». Geneviève se dirigea vers la maison. Le mot de *pendaison* lui avait fait l'effet d'un sort jeté, un de ces sorts qui intervenaient toujours dans les histoires de Julien comme des signes annonciateurs de fautes ou de malheur. Elle retrouva, dans un carton emporté de chez sa mère, les sandales usées qu'elle avait à ses pieds le matin de la grange et la paire de chaussures neuves qui lui avaient fait si mal aux pieds, le jour du baptême. Elle en profita pour embrasser Claire et descendit rejoindre le groupe. Le père Flavien avait jeté une boîte de conserve vide et rouillée dans chaque trou, «il leur faut du fer et mainte-nant du cuir. Le tout se dégrade. C'est pour la sève. Ces arbres seront robustes». Julien recon-nut les sandales, «tu ne vas pas faire ça. Les neuves, je ne sais pas, mais pas celles-là». «J'y tiens», répondit Geneviève en s'agenouillant et en plaçant une sandale dans chaque trou et la paire de chaussures dans le troisième contre la motte de chaque cerisier. En riant elle dira «il y aura les deux arbres de la naissance et l'arbre du baptême. Les arbres vont parler». Julien haussa les épaules. Ils recouvrirent le tout de terreau puis de terre qu'ils tassèrent en piétinant et même en riant. Manuel et Germain firent la ronde au-tour de chaque arbre. Le père Flavien effectua plusieurs aller et retour avec l'arrosoir, noya chaque pied et dit, après avoir ratissé une cuvette autour de chaque cerisier, «la nature fera le reste». Manuel et Germain écoutaient le père Flavien avec adulation. On eût pu croire que Julien était jaloux de cette brusque attention s'il n'avait pris le bras de Geneviève pour, disait-il, «faire le tour du terrain», compter les tas de cailloux et de pierres faits par leurs aînés et écouter les conseils du père Flavien, «il vous faudra une brouette et, de tous les petits tas, en faire un grand ou comme un muret, tout au long, là-bas, au nord». Des gens passèrent à pied sur la route et regardèrent la maison. Une vieille femme se signa de la main. Geneviève frissonna, «rentrons, je vais préparer du thé». Ainsi, tout se savait, tout circulait, il faudrait encore affronter. Julien lui dira, sur le seuil de la porte, «cela n'a aucune importance, qu'ils pensent ce qu'ils pensent». On inaugura la cheminée, première flambée, Manuel et Germain avaient ramassé des brindilles et le feu craqua. Quelques jours plus tard, Geneviève recevra une lettre, «chère Ginou. *Au-dessus des étangs, au-dessus des vallées,/ Des montagnes, des bois, des nuages, des mers/ Par-delà le soleil, par-delà les éthers,/ Par-delà les confins des sphères étoilées,/ Mon esprit, tu te meus avec agilité/*. Reposez-vous, chère Ginou, à l'ombre de ces vers du grand maître Baudelaire. Ignorez ce qui vous cause du souci (famille, ville, voisins...), ne pensez plus à la mort qui nous guette tous. Si par moment vous croyez deviner sa présence, lisez-lui la lettre de Hugo au-dessus du berceau, brandissez-lui Claire ou pensez à Tinette dans le taxi du retour, et elle partira, les yeux couleur d'absolu. Ne pensez plus à elle mais à ceux qui vous tendent les bras. Trempez votre pensée dans l'eau fugitive de vos rêves heureusement inachevés et videz dans un puits profond l'urne de vos cauchemars. Nous pensons à vous et vous embrassons. Votre dévoué Flavien». Pour la fin du poème cité, en lieu de *tu te meus* Geneviève avait lu *tu te mens*. Elle le connaissait pourtant, le poème. Elle l'avait appris par cœur. Ainsi donc il y aurait de l'agilité dans les mensonges que l'on se fait à soi-même et que les autres se font, par affront qui ne porte pas son nom, ne s'annonce pas comme tel. Ainsi donc le père Flavien avait du style et connaissait ses poètes. Ainsi donc Geneviève venait de recevoir une réponse aux lettres qu'elle n'avait pas envoyées, et la réponse venait de quelqu'un à qui elle n'avait pas pensé à s'adresser. Ainsi donc Geneviève comprit dans la lettre comme dans un miroir qu'il y avait de la mort dans son regard, une preuve, une ombre, une marque, le signe vif d'une volonté de résister. Plusieurs fois elle vit des gens se signer en passant devant la maison, sur la route, celui-ci sur son tracteur, celle-là sur sa bicyclette, les gens du voisinage et, au sortir de l'école maternelle, quand elle attendait ses enfants, les femmes du village l'évitaient du regard. Le matin du départ pour *la maison de Tinette*, Angeline sur le perron lui avait dit «si au moins j'avais le pouvoir de m'émouvoir, même pas», et «ne nous abandonne pas». Raymond aussi était ému, sa main gauche s'était mise à trembler, il l'avait glissée dans la poche de son pantalon, s'était donné une contenance et avait embrassé Geneviève sur le front. «Nous comptons sur toi pour venir nous chercher», avait ajouté Angeline, ce qui revenait à dire que Véronique et Martial ne viendraient jamais en visite, les ponts étaient coupés. Geneviève n'était pas sans en souffrir et s'en réjouir à la fois, étrange mélange d'amertume et de joie, un désarroi qui lui redonnait du cran et de l'identité. Deux fois elle ira chercher ses parents. La nouvelle maison les émerveillait. Angeline avait offert à sa fille deux cahiers de recettes manuscrites qui avaient servi aux belles heures de *La Cisaille* et qui donnaient les dosages exacts et les touches personnelles pour réussir les gâteaux, les plats, «avec la cuisine que tu as, il faut que ta maison embaume», toutes choses futiles et cependant utiles, bouleversantes, quand on veut faire front, relever l'absurde défi qui cantonne, stoppe et rejette. Le téléphone fut branché, deux poteaux sur le terrain et un fil noir, le noir des corbeaux, cordon qui reliait la maison aux lignes du bord de la route. Geneviève ne voyait plus qu'eux striant le ciel, puis elle s'habitua. Elle avait parlé aux Bouillard qui avaient bien reçu la lettre, «nous viendrons, mais je ne trouve pas les mots qu'il faut pour les vœux», avait dit Joseph, «le bonheur, ça ne se souhaite pas, ça se pratique et nous vous faisons confiance». Le *nous* de deux, «ma femme est à l'écouteur, vous savez. Nous parlons tous les jours de vous». Julien avait troqué sa camionnette contre une voiture grise. Il parlait peu, se rendait trois fois par semaine chez le docteur Dublin, partait souvent le matin pour ne rentrer que le soir, les chaussures crottées, «j'ai marché». Il lui manquait la fugue, la fuite, les dérives du ciel, le frémissement des sous-bois, l'odeur de l'herbe, le vent des plaines, l'horizon toujours différent. Geneviève respectait son silence. Il voulait guérir, il ne guérirait pas. Elle s'interdisait de ne pas croire ainsi à un salut possible, mais c'était plus fort qu'elle, une évidence. Elle, aussi, avait aimé les jours de route et de hasard, le rythme des saisons, les haltes de misère, les veillées et même ses grossesses quand il fallait encore marcher. Marcher. Plusieurs fois, elle avait appelé Anna, le téléphone sonnait, personne ne répondait. Geneviève avait renoncé. Devant la maison, trois cerisiers.

20.

«Ce qui compte, c'est l'essai», silence, «la tenta-
tive», silence, «l'obstination.» Julien a l'impression de parler dans le vide. Le docteur Dublin, en
principe, l'écoute. Comment savoir? C'est jour de
printemps. La fenêtre du bureau est entrouverte.
Il y a vue sur un jardin maigrichon à l'arrière de
la maison, au fond un mur de clôture et un bos-
quet, des arbres livrés à eux-mêmes, après sans
doute se perd-on dans la forêt. Chaque fois qu'il
rentre de sa séance chez le docteur Dublin, Julien
au volant de la voiture grise se dit «cette fois, c'est
la dernière». Mais il suffit de deux jours pour que
la furie des pensées reprenne, le besoin de parler
comme de se désaltérer revienne, le désir aussi de
se rapprocher des siens, tant de Geneviève que
des enfants, promesse faite, mission à accomplir,
et Julien se rend à la séance suivante. Il est assis
dans un fauteuil. Le docteur Dublin est assis sur
une chaise, derrière lui. «Nous fêterons ce soir le
premier anniversaire de Claire. Les cerisiers sont
en fleur», silence, «tout a un sens», silence, «on
est aimé, on laisse aimer un tout autre en nous»,
silence, «tout ce que je suis, c'est à l'autre que je
le dois», silence, «vous êtes le désert, je suis en
haut du rocher», silence. Ainsi donc, livré à lui-
même, Julien revient constamment à l'assaut, livre
des paroles en vrac, des images en désordre, des

souvenirs qu'il a trop longtemps évincés, «j'ai rêvé, la nuit dernière, qu'il n'y avait plus qu'une grande pièce dans la maison et que je ne pouvais pas me lever pour écrire de peur de réveiller Geneviève et les enfants. Je sortais sur la pointe des pieds, la maison devenait toute petite et moi immense. Je n'eus plus qu'à me pencher, la prendre dans la main et la lancer dans le ciel noir. Je créais un astre. Je voyais une étoile, une seule étoile et je me disais *ils sont dedans, mes petits astronautes.* Ils me montraient le chemin. Je me suis approché d'une masure, elle était fermée, abandonnée. Je me suis dirigé vers une ferme, sur une hauteur, elle avait brûlé, il n'y avait plus que les murs. J'ai enfin trouvé la ville. Je l'ai reconnue aux remparts. Dedans il y avait un cratère de cendres noires. Quand j'ai levé la tête, l'étoile n'était plus là pour me donner la direction. Je me suis réveillé. La maison n'avait pas changé. Je ne pouvais pas soulever mes bras, croisés sur ma poitrine. Mes mains étaient du plomb», silence, «ne me laissez pas seul, docteur», silence, «dans l'action, dans la fuite et le renoncement, dans la réponse à l'appel, j'adhère à la puissance créatrice de Dieu; je coïncide avec elle; j'en deviens, non seulement l'instrument, mais le prolongement vivant», silence, puis, «je l'ai lu, je le vis, il y a des récitations dans mes livraisons. Je viens chez vous comme chez un artificier. Je veux que vous me délivriez du meilleur de moi-même! Est-ce possible? Ne peut-on plus parier ainsi? Êtes-vous croyant?» Silence, le noir silence de cendres dans les remparts du rêve. «Je voulais informer le devenir de l'homme», un silence, cette fois, comme une sanction, «je fais des rêves comme des contes, je dis des contes comme des rêves, *il* me parle vraiment, je suis lent à transcrire. Si je comprenais au moins toujours ce que je dis parce qu'*il* me le dit. *Il* est devant moi, en moi; Geneviève est derrière, hors de moi avec les enfants que j'ai tirés hors d'elle. Les enfants de moi ou de *lui?* C'est le tourbillon. Puis-je me retourner, vous observer?» Silence, pause, plus rien, le téléphone sonne dans une autre pièce. «Il est temps que je parte. J'ai besoin de respirer.» Julien se lève, paie la consultation, rendez-vous est pris pour le sur-lendemain, le docteur Dublin le raccompagne à la porte, poignée de main, léger sourire sur les lèvres du docteur, sans ironie, sans compassion, sans rien que de placide: il a écouté. Julien reviendra. En marchant vers la voiture, Julien se dit et répète «le meilleur de moi-même», un sentiment d'instruction par le silence du docteur se crée et se noue en lui, l'étonne et l'inquiète en même temps. Parler simplement à Geneviève , enfin, ne plus la traiter en suivante mais en confidente, eût peut-être suffi. Le recours à un étranger était-il nécessaire? C'était comme sur la route, les stops, et dans la ville les sens obligatoires et les sens in-terdits alors que tout en lui criait à l'absence de sens, à leur abondance, sans aucune interdiction. Comment dire au docteur Dublin son sentiment ardent? Comment expliquer le rapt spirituel et à quel point lui, Julien, savait combien celui qui témoigne est le lien médiateur? En expliquant que, fils unique de ses parents, il s'était cru *uni-que* ? Trop facile. En expliquant qu'au collège il avait pris les punitions pour des bienfaits, les rigueurs pour des épreuves et les manques pour des douceurs? Trop simple. En expliquant que l'extrême solitude d'une enfance somme toute choyée, à l'écart du besoin, privilège, avait rendu suspecte à son esprit, corps et cœur, l'application sommaire que les bons pères du collège faisaient de la morale des textes premiers? Trop hasardeux. Au collège, on l'appelait «l'ours», «le singe», «le ravi de la crèche», «le givré», c'était selon les ans et les classes, et cela ne devrait pas prendre d'importance. La lecture de son être ne pouvait pas devenir rudimentaire, se résumer à des anecdotes, se réduire à des explications logiques. Au collège, en principe lieu de paroles et d'exemples, prison de toutes les libertés, il s'était conçu *en creux*, il s'était rempli de désir d'être deux et *il* lui avait parlé, *il* lui avait dit de tout reprendre au début de tout, par la route, les rencontres les plus humbles, loin des villes, au fond des provinces et des cœurs, là où l'on n'a pas encore appris les logiques, les raisons et les cupidités, là aussi où les superstitions font rejeter et lancer parfois des pierres, Satan. Geneviève, une fois, avait été blessée au front par un silex. Il avait pansé la plaie, bout de tissu maculé de sang. Manuel avait presque deux ans, elle était enceinte de Germain. Elle le suivait. Comment dire tout cela à un docteur Dublin? Comment expliquer qu'il s'était senti lui-même indigne, voire incapable, d'être le messager, oui, le lien, le médiateur, au point fou de ne jamais se retourner, en chemin, sur Geneviève élue et compagne, et croire que la naissance d'une fille constituerait une faute justifiant un abandon? Même le père Duperche, curé de Saint-Martin-la-Garenne le tenait, en postulat à tout dialogue, pour une «brebis égarée», lui parlait comme à un «illuminé». Julien n'allait plus lui rendre visite. Ainsi donc, de tout côté, c'était le même dialogue de sourds, l'identique volonté de ne pas être ce que l'on est; pour un Dublin, la volonté mécanique de devenir ce que l'on est au risque de se mutiler; et pour un Duperche, pire un Ouvrard, le sentiment d'être en présence de quelqu'un posant les questions dangereuses à leur statut et leurs institutions. Julien stationna en bordure de route, à l'entrée du chemin. Il marchera longtemps, droit devant lui, au milieu d'un champ, comme s'il avait pu un jour atteindre l'horizon. Puis il revint, ivre de ciel et de vent. Il serait à l'heure pour prendre au passage Angeline et Raymond. C'était l'anniversaire de Claire. Une fête.

21.

C'était la toute fin de l'après-midi, Angeline à l'avant, Raymond seul sur la banquette arrière et Julien au volant. Une certaine gêne, entre eux, ne se dissiperait jamais, même si, dans le rétroviseur, Julien croisait parfois le regard confiant de son beau-père. Angeline dira, comme si elle avait sa réplique au silence de rigueur et d'habitude, «parfois je pense à nous tous avec chagrin. Je n'aime pas ce mot-là qui m'évoque les migraines. Et je me dis que nous gagnerions à mieux nous connaître. Mais il faut faire avec l'état des choses et avec les êtres tels qu'ils sont». La campagne était belle au soleil couchant et l'air du printemps sentait le neuf, «ça me revigore», ajoutera Angeline en baissant la vitre de sa portière et en humant l'air du dehors, «nous ne sortons pas assez, Raymond!» Elle se retournera, «tu dors?» «Je t'écoute.» Angeline soupirera, «c'est un rude anniversaire, Julien, car vous avez été un fuyard et que nous avons tous trop tendance à vouloir comprendre. Vous m'avez pourtant redonné une confiance en moi que je croyais avoir et que je n'avais pas. Depuis votre retour, vous m'avez rendue à moi-même. Entends-tu Raymond, je fais des confidences!» Il y eut une pause, un bout de route, c'était trop ou trop peu d'un coup, et l'effet stupéfiant interdisait. Chacun en son for intérieur réfléchissait et comme ils approchaient de *la maison de Tinette*, un virage encore, puis une ligne droite, Angeline se dépêcha de dire «l'attitude de Véronique et de Martial me paraît tellement normale et désormais me révolte. J'ai eu des mots avec Véro quand je lui ai dit que nous venions ce soir. Martial m'a ensuite appelée au téléphone pour me dire qu'il faut «choisir» entre vous deux, Julien, et lui. Il y a *préjudice*, a-t-il dit et il regrette de ne pas vous avoir dénoncé. Il a employé le mot savant de *paraphrénie*, il vous dit dangereux, prisonnier d'une idée comme d'un couloir sans fin et sans porte, capable des pires sévices avec les vôtres. Il a même dit qu'il y avait de la perversité dans l'asservissement consenti de Geneviève. Il fallait l'entendre dire avec une féroce diction le mot *consenti*. Qu'en pensez-vous Julien? Et toi, Raymond, tu ne dis rien?» Trop tard. Ils étaient arrivés. Manuel et Germain couraient déjà vers la voiture de leur père. «Viens vite», lui dit Manuel, «vite!», «il y a des cadeaux plein un panier», ajoutera Germain les yeux émerveillés, de cet émerveillement dont il n'est plus question quand on raconte une histoire de grands. À s'avouer vaincue, re-naissante, retrouvée, ayant pris parti pour un clan sans dire si elle avait rompu avec l'autre, Angeline jouait encore le jeu de l'ouvrage au petit point de sa vie. Il n'y avait rien eu, dans sa voix, de douteux, de hasardeux ou de brisé. Aussi Raymond et Julien s'étaient-ils échangé un bref regard dans le rétroviseur afin de se mettre d'accord, ne pas répondre, ne pas tomber dans ce qui eût pu devenir un piège de plus. Angeline régnait plus que jamais. Une méfiance planait encore dont Julien se demandait si elle ne constituait pas l'ombre pour laquelle, grâce au mutisme de Dublin, il devrait lâcher la proie de sa *paraphrénie*, mot inauguré, couloir sans fin et sans porte, drôle d'image pour expliquer un mot. «J'arrive les mains vides», dira Angeline à sa fille, «mais je lui donne mon cœur». «J'apporte un petit cadeau d'Anna», ajoutera Raymond «c'est une médaille en or massif. Nous l'avons choisie ensemble.» Julien pensa *or*, puis *maléfice*, puis *Satan*, le couloir et pas de porte. Cette idée déjà l'obsédait. Il s'enferma dans sa chambre, passa dans son bureau aménagé dans ce qui devait être le garage, s'assit à sa table et se donna des coups de poing à la tête, alternativement, jusqu'au vertige. Il regagna la famille. Claire faisait ses premiers pas, Angeline lui tendait la main, puis Geneviève, puis Raymond. Elle allait de l'un à l'autre en riant, quand elle vit son père, elle tomba assise. Julien la prendra dans ses bras. Elle se mettra à pleurer. Julien la reposera par terre, debout, et lui fera faire quelques pas entre ses jambes, et la livrera à Manuel et Germain qui l'emmèneront près du panier de cadeaux. Alors seulement elle se calmera. Julien restera à l'écart. Geneviève emmènera Angeline et les enfants voir les cerisiers en fleur, la haie de rosiers, les buis, les deux sapins, tant les plantations de Flavien que les siennes, «c'est aussi devenu leur jardin». Raymond dira à Julien «je faisais également peur à Geneviève. Je garde la distance qu'il convient». «Avez-vous vraiment acheté la médaille avec Anna?» «Non. Un mensonge. Je l'ai choisie seul. Anna refuse de me voir depuis des mois, depuis votre mariage, depuis qu'elle a vu Angeline. Elle préfère. Elle me l'a dit avec colère. Elle ne veut plus *nous* revoir, il y avait de la hargne dans ce *nous*, une hargne comme un aveu d'attachement, pire, de passion. Encore de l'amour mal exprimé. La médaille n'a rien de religieux: des fleurs d'un côté, des oiseaux de l'autre. Je ne sais plus à qui me fier si ce n'est à moi-même. Parlez-moi de vous, Julien.» Julien murmura, «moi? Je me détruis, je me mine, je me coupe les ailes, je voudrais tant ne pas faire peur à Claire. Et à Geneviève». «Geneviève? Elle a de la crainte pour vous comme pour moi, elle nous redoute, comme dit Anna à juste titre. J'ai tout perdu, Julien. Je tiens à mes guêtres, à mes chaussures en lézard, à mes cravates et à mes perles, comme aux beaux jours où je croyais encore que le monde m'appartiendrait, que cette ville m'appartiendrait, que mon désir et mon plaisir m'appartiendraient, la partie est finie. Je suis hors jeu. Rien de grave, rien de triste, l'effet de l'âge? La mort de Nicole? Restent l'infinie tendresse que m'inspire Angeline et la fureur qui me fait souhaiter que vous réussissiez là où *nous* avons échoué. Allez jusqu'au bout, Julien, guérissez, vos folies ne sont rien en regard des nôtres.» Les femmes rentrèrent du jardin. Manuel et Germain ouvrirent les paquets du panier de cadeaux: des bottines, un chandail bleu, une robe en jean taille deux ans, une paire de draps et enfin, une poupée. «Regarde, maman», criera Germain, «elle ferme les yeux!» La table était mise, autre table, autre maison, autre nappe, autres couverts et verres, une tradition comme une émotion. Raymond sourit à Julien. Julien haussa légèrement les épaules, lointaine confiance. Angeline dit «vous n'avez pas de télévision?» «Non, maman, non.» Le repas fut exquis. Angeline retrouva le bon goût des mets de *La Cisaille.* Au dessert, autres retrouvailles, le gâteau à la noix de coco, souvenir des colonies, qu'on appelait le «Volard», une invention des cahiers. Manuel et Germain soufflèrent sur une bougie. Claire était joyeuse. Geneviève regarda Julien et, du bout des doigts, lui adressa un baiser, baiser soufflé que Julien fit semblant de rattraper de la main gauche. Manuel et Germain éclatèrent de rire. Raymond pensa que ce geste ne leur ressemblait pas et qu'en fait Geneviève était plus peureuse qu'il ne croyait. Angeline, elle, eut l'impression que les rires n'étaient pas à l'ordinaire de *la maison de Tinette* et que Geneviève éduquait comme elle avait éduqué. La représentation continuait. Raymond fixait son verre de vin, et pensait au mot *impasse*. Geneviève alla coucher Claire, éteindre la lumière de la chambre des garçons après les avoir embrassés sur le front. Quand elle descendit, la table avait été desservie, Angeline avait mis son manteau, le neuf, celui du mariage, «le temps est déjà au beau, il doit me faire de l'usage», Raymond, visiblement, eût souhaité rester plus longtemps, mais Angeline avait dit «il est l'heure, il est tard dans nos vies» et il fallait rentrer. La voiture de Julien était devant la terrasse, face à la porte. «À l'automne nous planterons une allée d'arbres et il y aura de la lumière tout le long du chemin. Jusqu'à la route. Pas de portail», annoncera Geneviève en embrassant sa mère. «C'est une bonne maison, nous reviendrons», dira Angeline avec un brin de cette malice dont elle était incapable. Geneviève fera claquer la portière, adressera un petit signe à son père, à l'arrière, et demandera à Julien de conduire lentement, «pense à la route». La voiture s'éloignera. Longtemps Geneviève restera devant la maison, troublée, hésitante, comblée, en proie à ce sentiment d'insatisfaction et de risque qui étreint et tarabuste quand quelque chose s'accomplit. Tout autour de la maison, et même dans la maison, malgré les apparences, ce serait toujours le chantier, car il y aurait toujours un manque à donner, à partager, le souvenir d'une fugue, d'une disparition, d'un drame, et un retour dans un monde qui n'en finira jamais de se demander pourquoi et de quoi il a peur. Geneviève ira jusqu'à penser «ce qui me console, c'est qu'ils me haïssent tellement». La maison était belle, tout illuminée, dans la nuit. Un navire passait donc de nuit à l'horizon de *La Cisaille*. Geneviève fermera les volets de chaque porte-fenêtre, un à un, de l'extérieur, puis de l'intérieur mettra les crochets. Dans la cuisine elle rangera les plats, les assiettes, les couverts et les verres dans le lave-vaisselle qu'elle mettra en marche, oubliant que le bruit de l'engin gênait Julien la nuit, ou bien par provocation. «Un lave-vaisselle», avait dit Angeline le premier jour, «était-ce bien utile?» Elle ira se réfugier au premier étage, pour la première fois fermera la porte de sa chambre, à clé, de l'intérieur. Pour un baiser échangé maladroitement parce que Julien serrait les poings sur la table; pour une poupée qui fermait les yeux, à côté de Claire, dans son lit; pour la nuit de leur couple et de leurs étreintes; pour mille et une raisons et détours d'un conte merveilleux qu'on ne lui raconterait plus; pour la frayeur de l'effort d'être deux et cinq à la fois; pour l'horreur de l'anniversaire de la grange, Geneviève s'enfermera à double tour. Dans la voiture, ils ne s'étaient plus rien dit. Angeline avait même somnolé. Le bruit des pneus sur le gravier l'avait éveillée. Ils se diront «à bientôt?», «à bientôt!» sur le perron. Julien rentrera chez lui. Il verra la lumière dans la chambre de Geneviève, au premier. Il s'interdira la fureur qu'il contenait et tout sentiment de culpabilité. Très vite, dans son bureau, il écrira en première page d'un cahier vierge, *comment habiter le désert?*

22.

Un an passa. Une année passe vite quand on s'en tient à sa fureur contenue. La réputation de Martial Berthier ne fit que grandir. Les affaires, dans la région, étaient devenues prospères. Les petites et moyennes entreprises, sous son emprise, se multipliaient. Les dîners chez Véronique étaient courus. La table était stricte, certains disaient pingre, mais «on était allés chez eux». Il n'y avait que les malicieux pour dire que le «manitou» Berthier avait simplement «pour toutes les solutions les problèmes qu'il faut». Le bon mot avait fait le tour de la ville. Flavien l'avait relaté le jour d'automne où le pépiniériste du coin, flanqué de deux acolytes, était venu planter l'allée de tilleuls, à l'entrée de *la maison de Tinette*. Ce jour-là, les Flavien devaient rester pour dîner. Le matin, Geneviève, à l'aide d'un cahier de recettes de *La Cisaille*, avait préparé une blanquette de veau à l'ancienne. Pour la sauce, il était écrit «versez lentement après avoir laissé décanter, et séparez le bon du mauvais». C'était quoi, le bon? C'était quoi, le mauvais? Geneviève ne sachant pas avait tout laissé et, au dîner, tous s'étaient régalés. Pourquoi avait-elle, au dessert, raconté l'incident de la préparation? Le regard de Julien s'était assombri. Le père Flavien, tout athée qu'il était, avait même plaisanté sur «l'incompréhensible évangile de la séparation du grain et de l'ivraie, jamais le père Ouvrard et tant d'autres de la soutane n'ont pu me donner l'ombre d'une explication. Et vous, Julien?» Julien avait quitté la table, était allé s'enfermer dans sa chambre. «C'est de ma faute», avait dit Geneviève. Manuel trouvait le dessert «vachement bon». Madame Flavien l'avait grondé gentiment, «on ne dit pas vachement». Germain avait pris le relais, «alors c'est vachement-vachement bon». Le bonheur des enfants ne l'emportait pas sur l'inquiétude des adultes. «J'aurais mieux fait de me taire», ajoutera Flavien. «Comme d'habitude quand il s'agit de Dieu», ajoutera son épouse. Le dîner tant bien que mal s'était achevé. Julien était resté enfermé. Claire allait de l'un à l'autre, bavarde, curieuse de tout, fascinée par ses frères qui lui vouaient un respect que Geneviève ne pouvait pas ne pas associer à une image tragique, un matin, dans une grange. Ou bien alors était-elle en train de s'inventer une histoire, comme si la sienne ne suffisait pas, à seule fin de ne pas admettre que tout versait à un isolement proche de l'échec et de la rancune. Au bout de l'allée, en bordure de route, au moment de l'au revoir, les enfants étaient restés à l'intérieur à cause du froid, Geneviève confiera aux Flavien «je crains pour nous tous, et je n'ai personne à qui le dire. Plus Julien fait des progrès avec Dublin, plus je le sens menacé et menaçant». Flavien dira «il me fait pourtant moins peur que les autres. C'est un vif. Et un brave». Geneviève avait les mains gelées. Madame Flavien les lui embrassera maladroitement, et l'une, et l'autre. Aussi Geneviève aura-t-elle l'impression d'avoir trop dit, cette humilité la gênera et l'isolera encore plus. L'ultime «le temps jouera pour vous» de Flavien l'avait encore moins rassurée.

Pour une simple histoire de recettes, un détail qui eût pu n'être que cocasse, elle venait de se rendre compte à quel point, petit à petit, le temps installait et annonçait ce malheur d'être qu'elle avait toujours fui et qui, apprivoisé, faisait son travail de sape. En se dirigeant vers la maison, l'allée de tilleuls lui parut dérisoire et saugrenue. Elle tourna la tête et trouva l'horizon de *la Cisaille* plus sombre que jamais. Pendant l'été, les Bouillard leur avaient bien rendu visite avec leurs petits-enfants, «sur le chemin de l'Espagne». Mais Julien s'était montré accaparé, soucieux, peu aimable. Les Bouillard étaient vite repartis. Au bout de l'allée, la maison. Geneviève ferma les volets de l'extérieur, puis de l'intérieur avec les crochets, une habitude qui ne la captivait déjà plus. Elle alla coucher les enfants qui réclamaient «une histoire». Germain, le second et sans doute parce que le second, sous la coupe de son aîné, dira comme en mission commandée, complicité, «une histoire de toi, pas une histoire de papa». Geneviève se sentira coupée d'elle-même, incapable d'inventer quoi que ce soit. «Demain», dira-t-elle, «je vous le promets.» Elle redescendra, rangera la cuisine, mettra tout dans le lave-vaisselle. Julien sortira de sa chambre, l'attrapera par le poignet en bas de l'escalier et lui dira «je ne veux plus que tu invites qui que ce soit, ici». Il y eut un silence. Le geste était rude. «Même tes parents! J'en ai besoin», ajoutera-t-il. Geneviève esquissera un sourire qui n'était plus vraiment des premiers beaux jours, au bord de la Jabeuse, confiant encore, malgré tout. Elle dégagea sa main, regagna sa chambre, laissa la porte entrouverte à cause des enfants. Elle était aussi coupée du monde que d'elle-même. La Jabeuse, fleuve d'encre. Les années passeraient. Une autre année passa. Un jour, profitant de l'absence de Julien qui interdisait d'entrer dans sa chambre et son bureau, Geneviève entra. Il devait bien y avoir un cahier caché. Elle trouva la cachette, honteuse parce que tout cela n'aurait pas dû être enfantin, et elle ne lut, au hasard des pages, rien que d'ordinaire, *l'espace abonde en sites, tout est inviolé et cependant habité. Souvenir de Crampède à l'entrée des gorges de Serpin. Le village était abandonné. Un chien avait mordu Geneviève au mollet. Elle resta longtemps la jambe dans l'eau du torrent. Manuel avait quelques mois. Elle le tenait dans ses bras, farouchement. Voir Dublin: il y avait dans le regard de Geneviève quelque chose d'également canin. J'ai déchiré l'ourlet de sa jupe, et je lui ai fait un pansement. Nous avons repris la route. Il y avait une forêt pour gagner le point sublime. Geneviève me suivait et ne disait rien, clairières, ormes séculaires, troncs moussus, fourches porteuses de gui: la nature s'écartait sur notre passage. Au point sublime, elle s'agenouilla derrière moi. Nous étions subitement loin des vrais enfers, la mêlée se moque des individus, en tas. La lumière se fit éclatante: «il» me disait de ne pas me jeter. Le petit avait faim, les petits sont des ogres. J'aurais voulu m'envoler au-dessus du ravin et reprendre seul le chemin, de l'autre côté. Voir Dublin: la chute, l'envol et en bas la mêlée. Je ne saurai même pas moi-même ce qui m'est arrivé et ce qui m'arrive. J'ai seulement besoin de sentir, dans cette maison, qu'ils me coiffent, tous les quatre, et qu'ils dorment lorsque je veille avec dans ma tête de l'ouvrage inachevé. Un couloir sans porte et sans issue? Un cachot? Une geôle? Je suis ma propre prison. Pas d'œuvre sans descente aux enfers, sans face à face avec la mort. Elle vient, celle-là. Dublin travaille pour elle. Dublin déblaie pour qu'elle puisse approcher...* Geneviève ferma le cahier et le remit en place. Elle devait aller chercher les enfants à l'école. Instinctivement, en prenant place au volant, elle caressa son mollet, là où elle avait été mordue: il y avait encore la cicatrice. Des cicatrices, elle en avait sur tout le corps. Des rites de Julien, il ne serait jamais question. Ainsi donc, par glissements progressifs, Geneviève se sentait-elle devenir une autre que celle de ses souhaits de jeune fille quand, par ses études, elle rêvait d'escapade et gens différents; une autre, somme toute, petit à petit, conforme à l'idée que l'on s'était faite d'elle. Elle se retrouvait façonnée, semblable, reproduite, répétant à son esprit défendant les mêmes gestes et d'identiques renoncements. À quoi? *La maison de Tinette* était désormais interdite aux étrangers, une sorte de huis-clos avait commencé. Julien parfois disait être en «bonne voie», mais, de mois en mois, Geneviève le reconnaissait de moins en moins et craignait de plus en plus ses colères et ses éclats. Elle ne dira rien de tout cela à Angeline ou à Raymond quand elle leur téléphonera, quasiment en cachette. Elle ne se rendait que peu en ville de peur de rencontrer Suzanne ou Anna. Il y aura le décès de sa plus jeune tante et celui du mari de Céleste. Les deux fois, elle ne se rendra pas aux enterrements. Elle avait peur des regards en principe familiers. Et surtout de Véronique et Martial. Parfois elle rendra visite seule à ses parents ou aux Flavien pour les rassurer. Plus elle se montrait confiante en l'avenir, plus elle avait alors le sentiment d'éveiller une compassion qu'elle redoutait et qui lui rendait son quotidien encore plus insupportable. Les Bouillard n'écrivaient plus. Julien disparaissait parfois un jour, deux jours. La table était toujours mise pour lui et son couvert restait vide. Les enfants, ces soirs-là, étaient plus joyeux. Rien que pour eux, elle se disait que son histoire en valait la peine. On n'a pas de courage quand on n'a plus le choix. Son retour, même dans la ressemblance, était inespéré. La maison et son sentiment d'inespérance suffisaient. Les années passaient. Les arbres poussaient.

23.

Lettre de l'abbé Duperche au docteur Dublin, «le 7 janvier. Cher docteur. Longtemps, j'ai hésité à vous rendre visite. Les paroles s'envolent et les écrits restent, je suis homme de preuve et de constat, je vous adresse donc cette lettre. À chacun son apostolat. À chacun l'idée qu'il se fait de l'amour qu'il porte à l'autre, au nom de qui ou de quoi, et du bien qu'il prodigue. Nous avons en commun un ami, Julien, époux de Geneviève Brabant. Je l'ai connu depuis son enfance. Cet enfant sage dès son entrée au collège prit de l'ombrage. Je peux désormais, comme s'il y avait prescription, vous dire que très jeune, au confessionnal, il se montra déjà anxieux, agité par toutes sortes de songes qui n'avaient rien à voir avec les possibles tourments d'une puberté. C'était un enfant pur, qui se sentait paradoxalement abandonné par l'amour véritable que ses parents lui portaient. Le fait d'être fils unique créa en lui un sentiment d'exil qui lui faisait me raconter des histoires étranges, des contes sur l'origine du monde, auxquels je ne pouvais pas porter le secours de ma foi: je ne comprenais rien. Je me disais qu'avec le temps il trouverait de l'aplomb. Mais plus il avançait en âge, plus il me donnait l'impression de se livrer à un ennemi, allant même jusqu'à mettre en cause la nature effective de mon ministère. Le doute étant de nature croyante, part importante de l'espérance telle que je la vis quotidiennement, j'ai pris de l'intérêt à ce qui, pour moi, devenait un cas. Je l'ai sans doute brusqué en lui disant que son désarroi, souvent brutal, combien de fois ai-je dû intervenir à la demande de ses parents pour qu'il ne soit pas renvoyé du collège, n'était qu'une manière d'appel auquel il devrait un jour répondre. Il narguait ce que nous avions pu faire de notre morale et de quel usage navrant nous marquions les nouvelles générations comme les anciennes. Les mots de *perversité*, de *cupidité*, d'*hypocrisie* revenaient souvent dans ses discours confidents. J'ai conservé des lettres de lui de l'époque. Il m'écrivait souvent au collège. Si cela peut vous aider, je vous confierai ce courrier. Le voici donc entre vos mains. Je crains que vous ne l'aidiez vraiment car il désespère. Souvent après les visites chez vous, il me rend visite à la cure. Il m'impose alors un silence sans doute calqué sur le vôtre. Et il parle, il parle, il poursuit vos séances, il se poursuit, il se perd de vue, je le sens de plus en plus égaré. Ses phrases commencent par «j'aurais dû lui dire que...», «il ne comprendra jamais...» ou «si je m'allonge, la terre chavire, tombe, plus rien ne la retient. Je parle assis...» De son père, il ne vous dira que peu. C'était un homme bizarre qui avait fait une rude expérience de la Première Guerre mondiale, *retraité de la guerre de 14*, c'était gravé sur sa carte de visite avec une série de titres plus ou moins imaginaires comme *défenseur des droits de l'homme* ou *membre de l'Académie des grands chemins*. Je crois que Julien tient ses folles histoires d'un père qui par ailleurs, dans son métier, avait la hantise de la blancheur, du propre, du bien fini, et par conséquent de la tache et de la faute.

En ce cas précis de Julien, la connaissance de l'autre n'apporte rien au possible exploit d'un bienfait, voire d'une guérison. On ne guérit pas des folies qui vous font vivre, fussent-elles réductibles à un diagnostic. Julien est perdu dans le chantier de lui-même dont vous êtes le maître d'œuvre et dont je suis, il fallait que vous le sachiez, le témoin de plus en plus impuissant et inquiet. Il sort de chez moi. Il m'a lancé en me quittant un «où va le monde?» qui n'a rien que d'ordinaire. C'est la question que nous nous posons tous. Encore faut-il que la question soit posée sans trop de fureur. Julien souffre et se fait souffrir. Il a retiré sa veste aujourd'hui et j'ai vu au dos de sa chemise des stries de sang, il se flagelle donc entre chez vous et chez moi. Il m'a tenu des propos incohérents sur le «danger de Satan» que couraient les siens. Je ne connais pas Geneviève Brabant. Aux premières années de mon ministère de campagne, cela fera bientôt quarante ans que je suis à Saint-Martin-la-Garenne et *La Cisaille* faisait partie de ma paroisse, j'ai pu fréquenter les Volard, qui avaient et ont toujours leur banc d'honneur, à leur nom, sous la chaire, dans mon église. Ce sont des gens qui ont de l'orgueil et de l'âpreté. Ils ont aussi le sens terrien du bien et de cette fatalité qui conduit à l'isolement de chacun, au sacrifice de tous et à une superbe dont le peu de spiritualité navre celui qui, comme moi, doute de sa foi, désire animer et conduire. J'en suis aux aveux. Je crains que de vous à moi il ne puisse pas y avoir d'entendement. Je ne veux pas que Geneviève Brabant, de nature Volard, souffre des égarements de Julien, mari prodigue qui ne parle d'elle que comme d'une servante, d'une suivante. Je n'ai jamais vu les Volard à la table de communion. Sans doute, dans leur diversité et dans leur inévitable ressemblance, se considéraient-ils comme un «corps social en soi» proche de la perfection quand la foi devrait toujours tout remettre en question. Voici donc l'écrit, ce qui reste, ce qui devrait pouvoir aider. Je ne peux plus rien devant un Julien déséquilibré par l'action thérapeutique que vous menez pour lui, et à laquelle il souscrit avec la confiance de l'enfant qui ne deviendra jamais adulte, de l'adulte qui ne peut pas faire taire l'enfant toujours fasciné par les récits et les hantises d'un père rude et intransigeant. Julien ne transigera pas. Peut-être faudrait-il que vous rencontriez les Brabant? Peut-être devriez-vous parler à Geneviève? Il vous faudrait alors interroger la ville entière, vrillantes et noires racines que celles de ce pays que Julien nomme avec un soupçon de nostalgie, d'ironie et parfois de colère, Douce France. Nous vivons loin de tout. Nous avons choisi et vous, et moi, et nous tous, de vivre ici, sous ce ciel, des vies respectives et peut-être plus respectueuse des réalités et du temps présent quand les dictées fonctionnaires, politiciennes et des modes ne font que nous effleurer. La religion ne serait-elle devenue qu'une mode, comme la vôtre, celle du divan? J'ai connu les frères Volard à la fin de leurs vies. Je sais à quel point les échappés, les flous des familles sont nécessaires à l'idée que ces familles se font d'elles-mêmes. Elles se nourrissent de scandales qu'elles provoquent plus ou moins, et les ensevelissements du vivant de leurs victimes désignées font leur régal et leurs ragots. Je les absous. Je me penche vers eux. Mais je n'oublie pas les pauvres de leur fierté, les laissés-pour-compte de leur orgueil, les écorchés vifs de leur sombre théâtre. Il y avait du sang au dos de la chemise de Julien. Il ne savait pas que je le voyais. Que pensera

Geneviève lorsque Julien lui donnera cette chemise à nettoyer? Voici qu'à vous écrire je m'égare moi-même. Il y a dans cet égarement, plus que dans mes affirmations et relations de fait, des incertitudes qui vous permettront peut-être de faire l'état d'un être: Julien. Je ne peux pas m'empêcher de penser à un désespoir et à une violence qui, de sa part, ne seraient plus de ma trajectoire et de mon office. Où l'emmenez-vous? À lui-même? Quel lui-même? Il vit certainement de ce que nous qualifions *folie* de manière relative et en partie injuste. Les folies douces, et cette lettre en est une preuve, sont peut-être les plus dangereuses, nos folies, nos certitudes. J'ai parlé au téléphone, paroles perdues, au père Ouvrard avant de prendre la décision de vous écrire. Il a moins de scrupule que moi. Dussé-je dire que nous n'avons pas la même vivacité d'espérance et que sa paroisse est bien guindée. Aussi se garde-t-il d'intervenir. Je me suis entendu rétorquer «ces gens-là n'en valent plus la peine», et «c'est une histoire d'un autre temps». Il est brave. Il est prisonnier de sa ville, de la réfection de *son* orgue et de *sa* toiture d'église. Sa démission ne m'étonne pas. Aussi, j'écris et je clame que Julien est un vaillant, un enfant de Dieu qui souffre du monde tel qu'il est devenu, caparaçonné à l'extrême, cristallisé dans des habitudes d'inaccueil et d'arrogances auxquelles, sans le savoir, mon Église a largement contribué. Combien de fois ai-je entendu dire qu'il était *fêlé, cinglé, braque, anormal* ? Combien de fois l'ai-je vu aussi rentrer du collège roué de coups? Son père lui disait «c'est l'école de la vie». Incapable de répondre à l'appel d'un monde meilleur, il a préféré essayer de tout refaire à sa manière. Cent fois je l'ai prévenu du danger. Il est vif, brillant, buté. Il y a en lui une force qui peut devenir cruelle, voire meurtrière. Il habite ma conscience. Sa naïveté n'a d'égal que sa volonté de «tout reprendre à zéro», une expression de lui que je n'aime pas. Il s'est cru et se croit encore *élu*. Je crains fort qu'en l'aidant outre mesure, vous ne provoquiez le massacre d'un innocent. Croyez à mon respect et à ma gratitude. Votre dévoué Duperche, curé de paroisse. Vous savez où me joindre si besoin est ».

24.

Le docteur Dublin ne fit jamais signe à l'abbé Duperche. Martial Berthier eut sa photo dans un magazine national. On le disait très lié avec le vieux maire de la ville qui désormais, publiquement, le désignait comme son dauphin. Un jour, au sortir de l'allée, au volant de la voiture blanche, elle allait chercher ses enfants à l'école, Geneviève vit Véronique passer en trombe devant chez elle au volant d'une Mercedes. Pas un regard. À une seconde près il eût pu y avoir un accident. Il y eut les obsèques du père Ouvrard. Le fils aîné de Suzanne et Sylvain Lherbier avait brillamment passé son bac et irait poursuivre ses études à Paris chez sa marraine qui, disait-on, était la mère de Suzanne. Et ainsi de suite. Anna épousa un professeur de mathématiques et partit avec lui pour l'Australie. À l'occasion du troisième anniversaire de Claire, un cadeau était arrivé de Saint-Ouen, les Bouillard se souvenaient donc. Les Flavien avaient fait déposer des petits sabots pour *leur jardinière adorée*, c'était écrit sur un petit carton. Claire allait à l'école avec Manuel et Germain. Elle savait déjà écrire et lire. Ses frères l'adoraient et c'était comme si elle avait toujours voulu tout faire comme eux, tout de suite. Geneviève était fière de ses enfants, heureuse de la maison et de plus en plus inquiète des absences répétées de Julien. Elle appelait alors le docteur Dublin qui invariablement lui disait, voix lisse, «oui, il est venu» ou «ne vous alarmez pas». Jamais Geneviève n'osera lui demander un rendez-vous tant elle sentait que cet homme ne la recevrait pas. Elle le savait au ton et à la voix. En réalité elle ne souhaitait pas de confrontation. Angeline et Raymond s'étaient offert le «voyage de leur vie»: une descente du Nil. Manuel et Germain avaient reçu de bien belles cartes. Geneviève, pour rien au monde, ne se serait confiée à qui que ce soit. Ce n'était plus un manque à gagner, mais un manque à perdre amoureux. Maîtres Rimbaud & Lucepré envoyaient régulièrement les comptes des appartements de Tinette. Si Geneviève avait très largement de quoi s'offrir le futile, elle s'en tenait à l'utile et au plus strict. Elle portait encore les vêtements achctés par Tinette. Elle prenait beaucoup moins soin de sa personne et ne gâtait pas trop les enfants de peur de fâcher Julien quand il revenait, toujours plus à cran, toujours plus ombrageux. Elle l'aimait d'un amour dévoué et craintif, désespéré certes puisqu'elle ne croyait pas à une guérison, puisqu'il n'avait pas à guérir de ce qui l'avait séduite et entraînée. Elle l'aimait et, parce qu'elle l'aimait, souhaitait qu'il disparaisse un jour pour ne plus connaître cette frayeur qui la conduisait à s'enfermer dans sa chambre avec ses enfants, la chambre était devenue un véritable campement. Parfois elle emmenait les enfants au bord de la mer. Toujours dans la voiture, ils demandaient des histoires. Elle racontait n'importe quoi et ce n'était jamais aussi beau que les folies de Julien. Sans doute, pour être juste, admettait-elle alors au fond d'elle-même qu'elle n'avait pas été à la hauteur de son aimé, s'infligeant de penser qu'elle avait été la première coupable et que c'était elle qui ne l'avait pas assisté dans la nature de son danger. Elle eût souhaité pouvoir en parler avec Angeline si sa mère n'avait pas encore et pour toujours éveillé en elle un sentiment de rejet ou de refus, chacune vivant jalousement son propre drame. Elle eût souhaité également pouvoir en parler avec Raymond si son père n'avait pris le parti de Julien et n'écoutait pas sans carrément reprocher à sa fille l'interdiction de revenir à *la maison de Tinette.* Il lui avait même dit, avant le voyage en Egypte, «tu t'y es mal prise. Il n'attend qu'une chose, c'est que tu lui parles». Comment expliquer à Raymond que ses paroles de femme n'étaient pas entendues et que Julien, plus que jamais, parce qu'en traitement, était vertigineusement livré à lui-même et qu'elle le soupçonnait de désirer le contraire d'une guérison, un malheur comme une ultime flagellation? Il y avait là de la pénitence, un terrain rêvé pour la revanche des Volard et de la ville. Au Café de la Paix, il n'y avait plus beaucoup de clients. Le patron disait volontiers «autrefois, la télévision, c'était ici. On venait pour les nouvelles». Raymond ne s'y rendait plus que rarement, pour la ritournelle et un passé enseveli. Ses beaux-frères étaient morts, le docteur également. Les autres ne quittaient plus leurs domiciles et les demoiselles Volard respectives attendaient les naissances, les mariages, les résultats aux examens de la dernière fille de celui-ci, du troisième fils de celui-là. Ça proliférait à l'ombre des remparts. Une fois seulement Geneviève avait emmené ses enfants à la terrasse du Café de la Paix pour leur faire goûter le célèbre voltaire. Manuel avait fait «pouah». Germain avait fait «pouah» très exactement comme son frère et Claire avait refusé d'y tremper ses lèvres. Même Geneviève avait trouvé la boisson désagréablement amère. Elle n'avait plus le goût d'antan. Tout cela n'avait-il été qu'illusion, jusqu'au charme des premières rencontres avec Julien au bord de la Jabeuse et à l'émotion du premier baiser échangé après la fuite, après le train, lors de la première halte, quand il lui avait d'abord fermé les yeux? Elle avait cru à une pudeur. Elle s'était imaginé une tendresse. On vit ainsi de rêves que l'on s'invente pour en devenir vite prisonnier, la suite n'étant que captive et obstinée. Le vent de l'Atlantique soufflait. On eût dit que c'étaient toujours les mêmes nuages à la dérive. Il y avait de l'immuable dans le ciel comme dans la ville. Dans la ville, on faisait semblant de ne pas se rendre compte des changements, on veillait scrupuleusement à une ordonnance des faits et des êtres que rien ne pouvait jamais troubler. Ainsi Martial, d'ores et déjà désigné comme futur maire et qui sait député, n'aurait pas à faire d'autre campagne déjà menée auparavant dans le calme, une norme et une tranquilité propices à toutes sortes d'habituelles injustices. C'était la France du bas de laine et de l'aumône, pays de toutes les libertés, la liberté dont un extrême centre assurait le subtil dosage de promesses vaines et fausses réformes. Raymond reçut d'Australie la photo d'un bébé. Anna était heureuse. Les Flavien, ne pouvant plus régler leurs dépenses quotidiennes avec leurs retraites cumulées, avaient vendu leur pavillon et s'étaient rapprochés de la ville, un minuscule appartement dans un immeuble proche de l'ancienne pharmacie d'Angeline. Et plus de jardin. Aussi Geneviève leur avait-elle prêté un bout de terrain pour qu'ils s'y créent un potager et allait-elle les chercher quand Julien n'était pas là pour qu'ils s'en donnent à cœur joie. Elle guettait alors toujours le retour de la voiture grise. Les enfants, d'une fois à l'autre, assuraient l'arrosage. Ils avaient compris qu'il ne fallait pas parler des Flavien. C'est à ces petits bonheurs-là, en cachette, que les jours, malgré toutes les interdictions, ont de la saveur au défi du malheur. La maison se couvrait tant de rosiers grimpants dont le père Flavien avait le secret de la taille, que de vigne vierge qu'il fallait d'abord guider pour qu'elle s'accroche bien au crépi. L'allée de tilleuls avait de l'allure et le sens du bonjour, c'était plaisir que de l'emprunter. Les outils étaient bien rangés, derrière la maison, à l'abri de la pluie. Sans même s'en rendre compte, madame Flavien avait dit un jour «quand le garage sera libre, on y fera la serre et l'atelier». Ainsi donc, plus ou moins consciemment, même les plus doux souhaitaient un départ définitif et une fin. «La réduction est scrupuleuse», avait souvent pensé Geneviève, et le mot *scrupuleux* ripait dans son esprit et devenait celui de *crapuleux*. Jamais elle ne ferait le partage des fautes. Jamais elle n'accepterait telle ou telle responsabilité, si ce n'était celle de ses enfants, uniquement. En ce trait, Tinette l'accompagnait encore, fantasque, irréductible, rejetant les consciences de pacotille quand elles se veulent bonnes ou mauvaises. Il n'y avait pas de fautes mais ce qu'elle appelait, dans son silence, des actes, des preuves, des élans. Il était probable que tout s'achèverait mal, ou bien, ou mieux, comment faire la différence? Julien n'était pas vraiment, non plus, étranger à cette convergence de souhaits et à sa condamnation. Les salades du jardin ont un autre goût. L'amour, alors, devient cruel, qu'on le veuille ou non. Au lavage des chemises, le sang ne partait plus. Geneviève les frottait avec ardeur et en tremblant. «Il revient quand, papa?» demandait Claire. Geneviève répondait «quand il voudra».

25.

C'était quelques jours avant les fêtes de fin d'année. Claire allait sur ses quatre ans. Manuel et
Germain étaient déjà élèves demi-pensionnaires
au petit collège, chez les «bons pères», comme on
disait dans la région. Il arrivait à Geneviève de
penser qu'elle ne servait plus qu'aux transports
scolaires. Le matin tôt, d'abord, et parfois il faisait nuit, elle déposait Claire en premier, les
garçons ensuite. La journée passait vite. Des
courses, dans d'autres villages où elle était moins
connue, les commerçants plus avenants, ou au
supermarché pour l'anonymat, et surtout pas en
ville à cause de possibles rencontres. Ainsi vit-on
proches les uns des autres sans se fréquenter. Une
visite aux Flavien, une visite à ses parents, vite elle
revenait à *la maison de Tinette*, rangeait, lavait,
briquait, nettoyait, préparait le repas du soir et il
lui fallait déjà repartir, petites routes de campagne, par tous les temps, et la nuit au retour comme
à l'aller, vivement les beaux jours. Elle avait acheté le rituel sapin de Noël, pas coupé, en pot, pour
le planter ensuite sur le terrain, à la manière
Flavien. Ainsi donc, près de la cheminée, l'arbre
rutilant de boules et de guirlandes annonçait-il
ce que les enfants appelaient «le jour de tous les
cadeaux». Ils avaient fait leurs listes. Des livres,
essentiellement, car le plaisir, chaque soir, était

de se faire la lecture, les garçons d'abord tour à tour, puis Claire trop lentement, et vite Geneviève qui savait donner de l'accent aux récits et du mystère aux contes. Ce soir-là, au retour de l'école, il y avait de la lumière au garage. «Papa est là!» dit Claire. Manuel et Germain observèrent le même silence que leur mère. Ils empruntèrent l'allée de tilleuls jusque devant la terrasse de la maison, la voiture grise à droite, la voiture blanche à gauche. Les enfants avaient couru vers la maison, leurs cartables sur le dos, en criant le nom de leur père. La surprise fut grande. Julien avait mis la table et à chaque place, sauf la sienne, un cadeau. Il eut pour Geneviève un tendre baiser d'accueil sur le front et lui murmura «c'est bientôt fini. Je vais mieux», puis «demain veille de Noël, c'est le dernier rendez-vous avec Dublin. Il me l'a dit. La vraie fête c'est ce soir». Geneviève était montée dans sa chambre pour déposer son manteau, son sac et les clés de la voiture sur son petit bureau, le seul meuble emporté de chez sa mère. Julien avait remis les lits dans les chambres des enfants. Ainsi donc, il y avait de la demande, comme un aveu et un désir de retrouvailles. Geneviève était redescendue les joues rouges, tout lui criait non et elle se disait oui. Elle avait fait chauffer le dîner avec autant d'émotion que de suspicion. Cette brusque volte-face n'était pas vraiment de la fougue de Julien. Il y avait quelque chose d'artificiel dans ce comportement et dans l'annonce de cette guérison, d'un ultime rendez-vous. Elle n'osait pas s'avouer qu'elle avait déjà pris l'habitude des absences répétées de Julien et que, sans le savoir, sans le vouloir, par l'inévitable force de l'entourage et de son instinct de conservation, elle souhaitait vivre seule avec les enfants. Débarrassée. Le dîner néanmoins fut joyeux.

Manuel et Germain avaient pour cadeaux deux montres électroniques, «qui ne s'arrêtent jamais?» demandera Germain. Claire avait reçu une barrette en or pour ses cheveux. Julien lui dira «il ne faut pas la mettre à l'école, tu te ferais moquer». Geneviève avait trouvé, le paquet défait, dans un écrin, une bague avec un brillant. Julien dira «réparation d'oubli; c'est notre bague de fiançailles, tout peut commencer». Il y croyait. Elle, plus. Les cris des enfants couvraient leurs voix. Il n'y avait plus aucune ombre dans le regard de Julien. Il dira des choses grandiloquentes comme «me voici enfin dépouillé des vieux habits de ma jeunesse» ou «je sais enfin qui je suis». Il fut ensuite, pour lui, question de reprendre du travail. «Pas pour quelqu'un d'autre, pour moi, j'ai les moyens de créer une affaire, Martial pourrait me conseiller.» Geneviève, à nouveau, baissa les yeux et ne répondit rien. Elle était prise, émue, malgré elle, et la bague jetait de petits éclats. Un bonheur? C'est Julien qui alla coucher les enfants. Claire dira «et demain il y aura encore des cadeaux?» «Demain, tu verras», répondit Julien. Plus tard, silence dans la chambre des enfants, il rejoindra Geneviève, dans la pénombre se dénudera et se glissera contre elle dans le lit, sans lui fermer les yeux, «c'est fini, tu peux me regarder, il n'y a plus que moi». Folie encore que cet aveu, Geneviève se laissa faire. Ce fut comme une première fois. Elle n'était plus l'aveugle de leurs étreintes. Ce qu'elle serrait contre elle n'était plus que le corps réel, avec sa surprenante douceur de peau, ses fines odeurs, son grain, au vu, taches de rousseur sur les épaules, dans la pénombre, on accommode, on est le chat de l'autre, tout cela autorisé n'était plus du même désordre et du même frisson, manquait l'interdiction, ou n'était-ce que le temps? Geneviève pour être étonnée n'en était pas moins déçue. Alors, ce n'était que ça, tellement plus grossier même si le plaisir venait s'y insérer, lorsque l'un et l'autre pouvaient se dévorer des yeux grands ouverts? Il y avait une ombre plus claire autour de leurs corps, une lumière de la peau, lueur de braise que Julien aurait attisée de son souffle. Car il peinait et Geneviève pensait trop à tout, ne s'abandonnait pas. Il y avait un soupir masqué, fondu, noyé, dans le souffle haletant de Julien. Cela ressemblait à un fiasco. Geneviève donna des signes d'impatience. Puis elle eut des gestes de lassitude. «Je t'en prie», murmura Julien. «Laisse-moi», lui glissa-t-elle à l'oreille. De tout son poids, il la plaquait, la forçait et à nouveau répétait «je t'en prie». Ce fut alors désarmant pour Julien de voir Geneviève fermer les yeux, les tenir scrupuleusement clos, comme si elle avait voulu retrouver le souvenir et le goût d'un autre qui l'aurait quittée, ne serait plus là pour le serment corporel rituel et habituel. Il secoua les épaules de Geneviève, «reviens ne m'abandonne pas». Un moment, Geneviève avait retrouvé le plaisir des jours de marche et de fuite, des jours d'appel et d'efforts. Elle préférait le Julien méprisant, distant, en proie à la certitude de sa mission. Qu'il était lourd, brusquement, sur elle, et de peau uniquement. Ne restait-il que la matière du souvenir, pas l'incertitude et l'entrain, l'entraînement à la marche, causes perdues, pain partagé, paroles en pur gain ou pure perte? «Regarde-moi», dit-il «ouvre les yeux, c'est un ordre.» Geneviève lui eût répondu «je les ouvre? Tu me perds à tout jamais!» si elle n'avait pas eu peur de la colère de Julien, de réveiller les enfants, d'éveiller en son époux, unique aimé de sa vie, un désir de geste violent à défaut d'accomplir ceux de la jouissance. Brusquement, le détour et les contours des sentiments lui paraissaient encore plus obscènes que la nudité nue de son conjoint *guéri*. Elle l'aimait *fou*. Elle préférait la sexualité de derrière les paupières. Ses jouissances n'étaient donc plus possibles qu'à l'aveuglette. Geneviève ouvrit les yeux, alluma la lampe de chevet, dévisagea Julien, «arrêtons. Nous sommes ridicules».

26.

Au-dessus du comptoir, au bar La Jabeuse, non loin de la maison de Suzanne et Sylvain, il y a une pancarte ornée de guirlandes de Noël et de boules argentées avec une longue phrase écrite proprement à la main et qui amuse les consommateurs, *pour faire la gueule vous utilisez 65 muscles. Pour sourire 10 muscles suffisent. Alors, bonnes fêtes, pourquoi vous fatiguer?* Les remarques fusent. Le patron est fier de sa trouvaille. L'air ni gai ni maussade, simple voyageur d'un commerce avec lui-même, Julien sans même s'en rendre compte vient de commander un petit verre de liqueur des Chartreux. Veut-il ainsi retrouver le goût du soir de son retour chez les Brabant, le souvenir de Véronique furieuse emmenant ses enfants, puis le revirement des parents, les enfants réunis, le repas de famille? Il avait cru, ce soir-là, à une possible reconquête, une mise en place définitive de son être et des siens, une restauration, mot qu'il n'aimait que lorsque celui-ci signifiait le repas. Les quais sont encombrés de voitures, les gens de la ville font leurs dernières courses pour les cadeaux et le réveillon. Au comptoir, un vieux dit «la messe de minuit, j'y vais, ne serait-ce que pour voir la mine du nouveau. Il y aura de l'orgue, ça y est, il marche». Julien a laissé sa voiture loin avant le pont. Il est en avance pour le rendez-vous avec

Sylvain. Il veut simplement le remercier. Il sort de chez le docteur Dublin. La dernière séance fut courte. Il s'est bien gardé de parler de sa nuit avec Geneviève et du fait qu'après avoir quitté sa chambre il s'était retrouvé devant un cahier aussi impuissant que devant son épouse à juste écrire deux mots *c'est fini*. Il n'y aurait donc jamais de chambre commune. Qui, de lui ou des autres, était allé trop loin? Comment accuser Geneviève de quoi que ce soit? Guéri, Julien se sentait floué. Tout cela il l'avait tu devant le docteur Dublin et il avait soigné la robustesse de son ultime poignée de main pour que l'homme comprenne qu'il s'agissait là tant d'une gratitude que d'un adieu. Il avait pris ensuite les petites routes qui conduisent à Saint-Martin-la-Garenne afin de revoir l'abbé Duperche, lui dire sa «sortie du tunnel» et lui remettre les cahiers des trois dernières années, à joindre à ceux envoyés de tel ou tel lieu de halte pendant la fuite avec Geneviève et aux autres plus anciens du collège et d'adolescence. «Pourquoi moi?» avait dit l'abbé, «c'est une grande responsabilité, je ne veux pas savoir, je ne les ai pas lus. Vous n'allez pas faire de bêtise au moins?» Julien avait répondu «la seule bêtise que j'aie faite c'est de revenir et de guérir». Là, Julien finit son verre de liqueur des Chartreux. De nouveaux clients sont entrés. Un plaisante sur le texte de la pancarte. Il est l'heure d'aller chez Sylvain. Une femme, visiblement ivre, trinque avec deux habitués, des copains du patron, les rigolards de service et leur dit cette phrase, «le ciel est dégagé, ce soir, les étoiles sont les diamants des pauvres». Ainsi donc la beauté côtoie l'humour, fût-il un peu simple. Julien se sent la nostalgie d'un salut possible dans un monde défiguré, replié à l'extrême sur lui-même, lançant toutes sortes d'infimes appels au secours. Mais ce sont là toutes choses d'un passé révolu, d'un désir dont Julien fait semblant de s'être départi et qu'il n'a fait qu'enfouir, se donnant artificiellement pour date limite de guérison ce soir de Noël. La rencontre avec Sylvain sera brève. Julien retrouvera le décor hétéroclite du bureau, plus passionnant que celui du docteur Dublin. Il dira des choses comme «je me sentais en première ligne, en permanence, maintenant c'est fini» ou «je vais monter une affaire, cela m'occupera. Le reste du temps, j'aurai ma famille. Je les aime». Dans son aveu d'amour il y aura comme une ombre, un manque, un petit rien qui fera sourire Sylvain. Il ne sera pourtant pas question de l'échec de la veille, de la navrante nuit, de la présence retrouvée à l'acte, de Geneviève, quand elle avait refermé les yeux, et de sa propre difficulté à la satisfaire et se satisfaire, toutes choses qui, selon lui, se régleraient avec le temps. Pourtant, il n'y croyait pas. Il n'y avait rien d'abrupt et de mensonger dans ces visites de remerciements, de fierté de guérison, de publicité du droit chemin enfin retrouvé, qui lui faisaient penser à l'homme mourant, en bordure de route, voyant les passants passer, indifférents, et gare à celle ou celui qui se pencherait. Il n'y avait plus de *penchées*, mot inventé qui troublait sa mémoire de l'instant, et la règle, tout sauf une morale, du *chacun pour soi*, faisait loi. Sylvain était étranger à l'effort que Julien venait de faire pendant trois ans. La courtoisie et le merci de la visite n'étaient qu'une cruauté de plus dont aucun des deux n'était dupe. Suzanne était absente, «elle fait les derniers achats, nous recevons des amis». Il y avait du bruit à l'étage, d'autres enfants y rêvaient d'autres fêtes et d'autres vies. La maison était *autre*. Julien n'insista pas pour que les Lherbier, en bons cousins, leur rendissent enfin visite. Déjà, Sylvain l'avait raccompagné à la porte. «Merci encore», dira Julien, «maintenant tout ira bien.» Il avait serré la main de son cousin avec la même assurance que face au docteur Dublin et à l'abbé Duperche: tout cela ne servait à rien. Le voici regagnant sa voiture grise. Il traverse le pont. Il regarde l'eau noire de la Jabeuse puis le ciel étoilé. Il pense aux *diamants des pauvres*. Il sourit. Pour un sourire, *dix muscles suffisent*. Il eût aimé pouvoir rire de tout cela s'il ne s'était senti mutilé, détaché de lui-même et secrètement attaché à ses rêves qui tôt ou tard le froisseraient encore avec lui-même, les siens et le monde. Le voici traversant la ville au volant de sa voiture, attendant patiemment dans les rues encombrées et aux feux rouges, stationnant devant une porte cochère, à côté du Sceptre d'Or, achetant en vitesse une boîte de chocolats, «les meilleurs, s'il vous plaît», reprenant le volant, sortant de la ville par la porte Sainte-Mesme, bruit de pneus sur les graviers, stationnant devant la maison Brabant, sonnant au perron puis de honte comme d'espoir, laissant la boîte de chocolats sur le paillasson, repartant avec sa voiture tel un enfant farceur: il verra simplement Angeline dans le rétroviseur ouvrir la porte, se baisser, ramasser, et lui de s'en aller comme un voleur. Le voici au bout de l'allée de tilleuls, jeunes tilleuls qui un jour feraient de l'ombre douce et dorée. Il sort de la voiture grise. La maison est illuminée. On voit le sapin du dehors, près de la cheminée, belle flambée, l'air de la nuit embaume la fumée de l'âtre, le parfum des poignées de buis et de thym sec. C'est Germain qui ouvrira la porte, «nous t'attendions pour les cadeaux d'aujourd'hui». Le repas sera doux, les enfants anxieux d'en arriver au dessert. Près du sapin, Claire et ses frères ouvriront leurs paquets. «J'ai oublié, pour toi», dira Julien à Geneviève. Elle embrassera la bague offerte la veille. Il la serrera contre lui en tremblant un peu. Elle lui glissera à l'oreille «ne reviens plus la nuit, c'est tout ce que je te demande» et lui tendra un paquet, son cadeau, un pull-over rouge; deux paquets, cadeaux de Manuel et Germain, deux cravates, une bleue, une verte, «c'est moi qui les ai choisies», précisera Manuel; et le cadeau de Claire, une belle écharpe noire. Puis ce sera la fête des livres. Geneviève et Julien les regarderont un à un avec les enfants, assis par terre, devant la cheminée. «Papa pleure!» lancera Claire. Geneviève la prendra dans ses bras, «ton père pleure de joie». Le ton n'y était plus. Julien se réfugia dans sa chambre avec ses cadeaux. Les enfants allèrent se coucher avec les leurs. Il y eut un beau chahut au premier étage. «Non, il est à moi», «tu me le prêteras», «oui, mais je veux le lire en premier», «tu peux te le garder, papa a dit que c'étaient des mensonges.» Claire dira «papa n'a pas dit ça». «Toi la fille, tu mens», «oui, tu mens.» Claire se mettra à pleurer à son tour. Geneviève montera la consoler et la coucher, éteindra les lumières dans les deux chambres, il faudrait bientôt de plus grands lits jumeaux pour les aînés. Elle redescendra, sortira et fera le tour de la maison en fermant les volets du dehors. Le ciel ruisselait d'étoiles, immense voûte, et plus elle fermait les volets de *la maison de Tinette* plus l'horizon de *La Cisaille*, silhouette au clair d'étoiles et de lune, paraissait sombre et inquiétant. Elle rentra, troublée, mit les crochets du dedans à chaque porte-fenêtre, éteignit les lumières du sapin de Noël. Dans la cheminée il n'y avait plus qu'un tas de braises. Elle débarrassa la table, rangea la cuisine, mit en route le lave-vaisselle et, au moment de monter dans sa chambre, en bas de l'escalier, hésita. Elle voulait en avoir le cœur net des pleurs et de son histoire insensée, incroyable et vraie. Elle se dirigea vers la porte de la chambre de Julien, frappa une fois, deux fois, trois fois et pas de réponse. Elle entra, courut vers le bureau: Julien en pull rouge venait, après avoir noué les deux cravates et l'écharpe, de se pendre à la poutre, au-dessus de son bureau. Minuit, les cloches des églises sonnaient au lointain. On entendait même celles de Saint-Martin-la-Garenne et celles de la ville.

27.

La messe fut dite par l'abbé Duperche très tôt le
matin à l'église de Saint-Martin-la-Garenne. Seule
Véronique s'était déplacée afin d'accompagner
Angeline, Raymond et les Flavien. Véronique était
restée au troisième rang, seule, à l'écart. Au fond
de l'église, près du portail de la nef, le catafalque,
comme le voulait l'usage en cas de mise à mort
volontaire. Il y avait bien quelques vieilles femmes en noir qui avaient sans doute connu les
parents de Julien, mais Geneviève ne les connaissait pas. Flavien avait pris Claire dans ses bras.
Manuel et Germain se tenaient, les bras croisés,
entre Angeline et Raymond. Geneviève sentait le
regard de sa sœur, dans son dos, et loin, au fond
de l'église, après tant de rangées de chaises vides,
la présence de Julien dans un cercueil qu'elle
avait voulu de bois clair et naturel. L'abbé Duperche lira l'Évangile du fils prodigue et fera un
sermon bref, ému, sur le retour, le droit chemin
et le pardon divin. Régnait une gêne, comme si
chacun, jusques et y compris l'abbé, s'était senti
responsable de cette mort, une responsabilité qui
eût pu, pour un rien d'humain, verser à la culpabilité. Il faisait glacial dans l'église, sombre et
pluvieux au cimetière où Julien allait se retrouver
à côté de ses parents dans le caveau de famille.
Uniques fleurs, une couronne de roses rouges,

comme le pull-over, que Geneviève avait commandée en ville et qui avait été livrée juste avant la cérémonie. Il y eut la bénédiction. Chacun des enfants d'abord, Geneviève et les adultes ensuite, avaient jeté une rose dans le caveau. Geneviève remettrait une enveloppe avec de l'argent au gardien du cimetière, une autre à l'abbé Duperche. L'entreprise de pompes funèbres enverrait «la facture». Tous se retrouvèrent chez Angeline où du café attendait sur le fourneau. Véronique dira à sa sœur «nous sommes là si tu as besoin de nous» et le terrible «tu peux nous appeler quand tu veux» qui signifie davantage le débarras que la bonté, comme disait Tinette, *il faut être deux pour un baiser.* Véronique voulait repartir, prétextant des courses à faire pour «l'autre réveillon», Raymond la tenait du regard, la tançait ainsi de rester, comme s'il avait voulu mettre fin à toutes ces petites guerres de la douce France quand chacun veut, une fois pour toutes, en avoir le cœur net. C'est Claire qui offrira des chocolats. Tout le monde se demandera d'où venait cette somptueuse boîte du Sceptre d'Or. Raymond insistera pour que les Flavien se mettent à l'aise et prendra l'initiative de parler jardinage et jardin. «Il y a encore beaucoup à faire à *la maison de Tinette.* Nous le ferons si elle le souhaite. C'est notre bonheur», assurera Flavien, «et ma filleule nous aidera. Pas vrai, Claire?» Claire et ses frères s'employaient à goûter les différents chocolats. «Celui-là, il est pour qui?» demandera Manuel. «Pour maman», répondra Germain. Claire le portera à sa mère qui le posera ensuite sur un guéridon. Angeline tenait là un secret. Était-ce vraiment la voiture de Julien qu'elle avait vue disparaître alors qu'elle se penchait, au seuil de sa maison? Véronique proposera aux Flavien de les raccompagner. Madame Flavien la remerciera, «nous rentrons à pied. Nous sommes voisins». «Voisins?» répétera Angeline, l'air étonné. Geneviève se dira que, dans toutes ces faussetés, il y a une réelle et périlleuse gentillesse, une perpétuelle fin de non-recevoir qu'elle aurait peut-être un jour le courage de ne plus considérer comme un sujet dramatique justifiant un texte de vie, un résumé d'elle-même. Quelques minutes plus tard, au volant de la voiture blanche, en remontant l'allée de tilleuls, elle aura l'impression d'entrer pour la première fois chez elle. La voiture grise était encore là. Il faudrait vite la revendre. Dans la maison, ce fut grand branle-bas. La chambre de Geneviève devint celle de Manuel. Germain et Claire auraient également chacun la leur. Geneviève se prépara un lit dans la chambre d'amis du bas qui n'avait été occupée qu'une fois, lors du bref passage des Bouillard, descendit ses robes, ses vêtements et rangea le tout dans le nouveau placard. Elle porta son bureau de jeune fille, rangea ses papiers et passa dans ce qui avait été la chambre de Julien. Elle fit méticuleusement un tas des vêtements et objets y compris le pull-over rouge, les cravates et l'écharpe noire encore nouées, sur un large drap, rassembla le tout en un baluchon et le traîna au fond du terrain, sur le bord de la Jabeuse. Là, elle transporta, morceau par morceau, le sommier et le matelas du lit de Julien, lit étroit, de bois clair, son lit de jeune homme, le renversa sur le baluchon, et mit le feu avec des branchages et de l'essence. Une fumée noire et bientôt blanche se leva dans la brume grise, colonne du ciel. Des flammes se levèrent. Le feu crépitait. Les enfants tournaient autour en battant des mains, sans savoir. Geneviève allait et revenait de la maison les bras chargés d'objets de bois sculpté, de livres, de vêtements égarés, tout ce qui signifiait Julien. «Pourquoi les livres, maman?» «Vous en aurez d'autres plus tard.» Elle couvrit le feu de fagots pour que ça attise de plus belle. Les joues en feu, elle regagna la maison avec les enfants. «Là où nous avons fait le feu nous planterons un orme. Il sera gigantesque.» «Et papa, où il est?» redemandera Claire. Germain allait répondre quand Manuel l'en empêcha. La chambre de Julien était vide. Geneviève la ferma à clef. Elle ferait détruire le garage, disparaître la poutre et boucher le mur. Puis elle branchera la radio, enfin de la musique dans la maison, et préparera le repas de midi. «C'est combien de temps encore, les vacances?» demandera Germain en mettant la table. «Toute la vie, si on le veut», répondra Manuel. Comme ils grandissaient vite. Une vie neuve commençait. Ainsi, au royaume des illusions regagnées, Geneviève n'avait-elle même plus le sens de la réalité de sa vie et de ce qu'elle avait pu souhaiter un jour. Tout s'était déroulé sans qu'elle formulât de son propre chef un seul vœu et, en ce trait, elle se sentait nombreuse, comme tant d'autres décidée par les autres, aux aguets, mesurant chacun de ses pas et chacune de ses paroles, comme en ville, comme sa sœur; ou en fuite, séduite, raptée quasiment sans autre point de chute que le point de départ. Comme disait Tinette à propos du mobilier de style de son salon, «ce sont des copies à l'identique, comme nous tous les Volard, qu'on le veuille ou non». Pendant le repas, à la table de la cuisine, entourée par ses enfants, Geneviève aura le rouge au front en songeant au brasier et à cette hargne avec laquelle elle avait brûlé tout ce qui signifiait Julien, comme s'il l'avait trompée et entraînée sur une voie sans autre issue que la norme et la morne vie d'une ville et de ses alentours. Pourquoi avait-elle *fait ça* devant les enfants, alors qu'après la pendaison de Julien, elle avait recommandé aux gendarmes alertés de s'approcher de la maison sans faire de bruit? Ils avaient pris des photos, la déposition de Geneviève et emporté le corps de Julien à la morgue de la ville où la mise en bière avait eu lieu le lendemain sans que les enfants n'aient rien vu ni su. «Pourquoi la voiture est-elle encore là?» avait seulement demandé Manuel. «Il est parti à pied», avait répondu Geneviève. Pour l'enterrement, elle n'avait donné aucune explication. En voyant le cercueil au fond de l'église, Manuel avait dit à sa mère «tu nous as menti», Germain avait demandé «papa est là-dedans?» Tout cela était encore plus flou qu'à son réveil à l'hôpital après la naissance de Claire. Geneviève au repas est prise de vertige. «Tu ne manges pas, maman?» murmurera Claire. Pourquoi avait-elle fait de ce feu une fête avec pour témoins ses enfants? Il y aurait toujours une cicatrice, cratère noir, au bord de la Jabeuse, si près de *La Cisaille*, presque là où Julien et elle s'étaient prêté serment. L'orme ne pousserait jamais assez vite. Alors seulement, devant ses enfants, Geneviève éclatera en sanglots, non de se sentir coupable de telle ou telle revanche, mais de se retrouver comme les autres, comme avant. Quelques jours plus tard, l'abbé Duperche se présenta à l'heure du dîner du soir chez Sylvain et Suzanne, avec deux valises, qu'il déposera dans l'entrée. Sylvain le recevra dans son bureau. L'abbé dira «j'accomplis auprès de vous une mission. Votre cousin Julien, l'après-midi de son décès, m'a remis un pli et chargé de vous remettre, en cas de malheur, l'ensemble de ses écrits, tout est dans les valises. Nous ne pouvions plus rien pour lui, n'est-ce pas?» Sylvain ne répondit pas. Il appela Suzanne, «je te présente l'abbé de Saint-Martin-la-Garenne. Il va tout t'expliquer». Ainsi donc, quand rien ne va, on appelle l'épouse, on a besoin d'un témoin. «Ce malheur je ne l'attendais pas. Comment ai-je pu croire Julien guéri? Le mystère, c'est la catégorie de Dieu», ajoutera l'abbé, «mais la grâce de Dieu est gratuite quand nous avons fait, chacun avec sa foi et sa conscience, commerce du désarroi d'un frère. Il croyait pouvoir dissiper les ténèbres.» L'abbé parlait seul. Suzanne affichait un sourire généreux et distant. Sylvain déjà comptait les secondes, l'abbé était d'un autre monde. Et pourtant? Il y eut des «Julien a accepté de se laisser saisir, de se laisser boire», «Dieu ne veut pas nous sauver du dehors mais du dedans», «un fils nous a été donné pour que nous devenions les fils du Père. Julien a mal entendu. Pourtant, en amour et en foi, il n'y a pas de mesure. Pardonnez-moi, je ne suis venu que pour les valises». Suzanne et Sylvain le raccompagnèrent à la porte de leur maison. Un vent froid venait de l'est et coulait avec la Jabeuse. Sitôt la porte refermée, sans même s'être concertés, Suzanne et Sylvain mettront leurs manteaux, lui une casquette, elle un bonnet de laine, cache-col et gants, et chacun s'emparera d'une valise. Ils sortiront, remonteront le long du quai jusqu'au pont, s'arrêtant tous les vingt pas, comptant les pas, et bientôt à bout de souffle. «C'est lourd», dira Suzanne. «Ça pèse un âne mort», répondra Sylvain. Et au milieu du pont, profitant de la nuit, vérifiant si personne ne venait d'un côté ou de l'autre, ils hisseront les valises sur la margelle, chaque valise à quatre mains, puis ils compteront «1, 2, 3» et pousseront les valises en même temps dans le fleuve. «C'est mieux ainsi», dira Sylvain.

«Tu te souviens?» murmurera Suzanne. Et ils rentreront chez eux, enlacés, comme de déjà vieux amants. Plus tard, les Flavien viendront souvent au jardin, «un vrai parc», dira Angeline en visite. Les Flavien prendront l'habitude de venir à pied de chez eux, tôt le matin, pour repartir en fin de journée refusant que Geneviève les raccompagne, «il y va de notre santé, et ce bonheur est un honneur». Geneviève aimait Flavien pour sa manière de faire chanter les mots. Elle éprouvait alors une tendre nostalgie de ce qu'elle eût pu devenir si elle était moins bien née. L'orme fut planté, grand déjà, en container, et les enfants allaient souvent l'arroser parce que Flavien leur avait dit «écoutez-le, c'est un ivrogne, il a soif. Vous entendez? Il appelle». Le garage ne sera pas détruit. Geneviève fera murer la porte de communication avec la chambre, recouvrir le plafond pentu et la poutre de staff, peindre le tout à la chaux, remplacer la porte métallique par une porte vitrée et agrandir les lucarnes pour plus de lumière, c'était désormais la serre et le hangar à outils. Dans l'ancienne chambre de Julien, elle aménagera une salle de travail pour les enfants, chacun son bureau, chacun ses rayonnages et ses livres, pièce qui servirait aussi de salle de jeux. Plus tard, les jours passeront. Geneviève n'achètera pas de télévision mais s'abonnera à des magazines et à un quotidien de Paris. Plus tard, Martial sera élu maire. Il était sûr de devenir député aux prochaines législatives. Plus tard, Angeline et Raymond seront toujours là, comme s'ils avaient décidé de quitter la scène les derniers et de vivre, après, ce qu'ils n'avaient pas vécu pendant, toujours prêts à ce que Geneviève vienne les chercher chaque dimanche, pour passer une «belle journée en famille». Parfois, il sera question de Tinette. Parfois, les prénoms de Véronique ou celui de Martial seront mentionnés. Ils vivaient désormais boulevard du Belvédère, non loin de la porte Sainte-Mesme, la plus belle maison. Parfois, alors, surgira un souvenir de *La Cisaille* et Angeline dira «j'ai longtemps fait un mauvais rêve». Jamais plus il ne sera question de Julien. Geneviève portait le nom de Brabant. De leur propre chef, maîtres Rimbaud & Lucepré lui adresseront les comptes trimestriels des loyers et des charges au nom de madame Geneviève Brabant-Volard. Raymond interviendra auprès de son beau-fils Martial pour que Manuel, Germain et Claire portent, sur leurs cartes d'identité, le nom de leur mère, son nom à lui, l'amoureux, désormais le tendre du troisième âge qu'il nommait, pour sourire, «le quatrième et pas le dernier». Plus tard, on murmurera que le député Berthier a une maîtresse dans la capitale, qu'on le voit rarement à l'Assemblée quand il va à Paris, et il y va souvent. Souvent Geneviève pensera qu'elle aurait voulu vivre une autre vie, sans début et sans fin ou avec une fin heureuse, et rien que des surprises. Pourtant, elle avait eu son aventure et un *destin*, mot qu'elle ne prisait guère. L'allée de tilleuls faisait déjà de l'ombrage. Madame Flavien sera la première à mourir, et son époux un mois plus tard. Ils n'avaient pas de famille. Ils léguaient tout à Claire. Le testament s'achevait par la phrase *c'est peu, mais c'est comme Tinette.* Geneviève abandonnera le jardin à lui-même. La maison, petit à petit, sera également abandonnée par Manuel, par Germain et par Claire. Geneviève se retrouvera vite, trop vite, toute seule. Elle décidera de trouver un travail, de quoi occuper ses journées et surtout ne plus, à nouveau, se rendre compte que les paysans se signaient toujours en passant devant sa maison. Elle aura la visite des Bouillard, sur la route de l'Espagne, «on essaie une dernière fois». Eux aussi n'avaient plus leurs petits-enfants, «ils ont grandi». Ils resteront quelques jours cette fois. Geneviève expliquera son travail de démarcheuse pour produits de beauté, cosmétiques, soins, maquillage vendus uniquement à domicile. Elle veillait désormais à sa beauté, un éclat, un regain de jeunesse, l'image imposée par son employeur, une société américaine, la marque la plus distribuée au monde, «et puis ça me permet d'entrer chez les autres et de leur parler».

H.H. 8 février 1870

Cher Monsieur Heddeghem,

Vous avez écrit là des pages charmantes. Il est bon d'avoir des ennemis, mais il est bien bon aussi d'avoir des amis, les amis prouvent la même chose que les ennemis, c'est qu'on va au but. Je sens en vous lisant que vous me comprenez. Être compris par une noble intelligence, c'est une douceur. Je veux le bien, j'aime le beau, je cherche le vrai: voilà toute mon âme et toute ma vie. Revenez me voir, vous me ferez bien plaisir. J'espère que vous étiez à Lucrèce Borgia. Votre esquisse de Guernesey et de ma masure est pleine de grâce, d'esprit et de coeur. Merci et bravo.

Victor Hugo

n°20 - 10 F. tirage 200 ex. VICTOR HUGO, lettre inédite. © collection EHRHARD
janvier 1988 by Editions BAR D'ART 42728086

Achevé   Imprimerie
d'imprimer Gagné Ltée
au Canada Louiseville